U0115428

华文教学丛书

华语文教学研究论文集

钟国荣　著

目次

多元智能与新加坡学校的武侠小说教学 ···················· 1

  一　前言 ·· 2

  二　新加坡学校的武侠小说教学模式 ···················· 2

  三　多元智能理论的特质与启示 ··························· 4

  四　多元智能模式下教师的任务和学生的学习 ······· 10

  五　多元智能模式下的武侠小说教学
　　　——以《雪山飞狐》为例 ···························· 12

  六　结语 ·· 18

  参考文献 ··· 19

听说游戏和新加坡小学的华文教学 ···················· 23

  一　前言 ·· 24

  二　国外的听说游戏略述 ······································ 25

  三　新加坡小学可进行的听说游戏 ························· 26

  四　结语 ·· 40

  参考文献 ··· 41

新加坡中学生的阅读喜好与华文校本教材 ·············· 43

  一　前言 ·· 44

  二　调查对象与调查方式 ······································ 46

三　调查结果 ·· 47

四　讨论分析和启示 ······································ 49

五　结语 ·· 59

参考文献 ·· 61

性格类型的差异教学与课堂的听说活动················ 65

一　前言 ·· 66

二　差异教学的内涵与特质 ····························· 67

三　性格类型差异教学的特征 ·························· 73

四　性格类型差异教学的课堂听说活动示例 ········· 80

五　结语 ·· 83

六　附录 ·· 84

参考文献 ·· 85

汉语作为第二语言的阅读理解测试的新加坡模式········ 89

一　前言 ·· 90

二　新加坡现行汉语阅读理解测试的题型特色 ········ 90

三　国际通用的汉语阅读理解测试的设题结构和特点 ··· 92

四　学生在高层次的阅读理解中所应具备的产出性能力
　　和技巧 ··· 97

五　不同类型的理解试题对学生阅读能力和产出性能力
　　的不同要求 ·· 98

六　汉语作为第二语言的阅读理解测试的新加坡模式 ··· 100

七　结语 ·· 103

参考文献 ·· 104

先语言后文化
——汉语作为第二语言或外语的小学生口语交际教材……… 107

一　前言 ……………………………………………… 107

二　中国编制的海外小学生教材的特色 …………… 107

三　台湾编撰的海外小学生教材的特点 …………… 110

四　新加坡教育部制定的小学华文教材及其特征 …… 112

五　对比分析中国、台湾和新加坡三地的小学生教材…… 116

六　汉语作为第二语言或外语的小学生口语交际教材的
　　构建理念 ………………………………………… 121

七　结语 ……………………………………………… 122

参考文献 ……………………………………………… 123

学习风格与教学风格
——国际汉语教师培养新理念与方法探究……… 125

一　前言 ……………………………………………… 126

二　研究内容 ………………………………………… 126

三　研究设计 ………………………………………… 127

四　所得数据 ………………………………………… 129

五　讨论与启示 ……………………………………… 133

六　对培训教师的建议 ……………………………… 139

七　结语 ……………………………………………… 140

参考文献 ……………………………………………… 140

中高级汉语教学资源的编写策略
——以新加坡中学教材为例 ················· 143

一 前言 ····························144

二 编写策略的理念：以读写带动听说 ·········145

三 编写策略的原则：先例、后说、再练 ········ 146

四 编写策略的组织：讲读课、导读课、自读课和

综合任务 ························ 147

五 结语 ···························· 155

参考文献 ·························· 157

国际汉语教师的语言学习观
——以南洋理工大学国立教育学院中文系为例 ·········· 159

一 前言 ····························160

二 研究内容 ························160

三 研究设计 ························ 161

四 所得数据 ························162

五 讨论与启示 ······················168

六 对培训教师的建议 ·················· 172

七 结语 ···························· 174

参考文献 ·························· 175

多元智能与新加坡学校的武侠小说教学

摘要

　　金庸的武侠小说首次被引进新加坡的华文课程中，对新加坡华文教育界而言，具有重要的意义。本文将以新加坡教育部给高中新华文课程（2006年）所指定使用的特定文学教材——金庸的《雪山飞狐》为例，讨论多元智能的运用在新加坡华文教学上的处理方式。在多元智能理论的指导下，教师提供机会让学生使用他们的各种智能去展示他们的理解力和学习成果，丰富和扩大学生的学习范围和经验。这种教学模式使教学更为多彩多姿，提高学生学习华文的兴趣。

关键词： 新加坡华文教学　武侠小说　雪山飞狐　多元智能

一　前言

新加坡教育部在二〇〇六年推行的两套新华文课程标准《中学华文文学课程标准（2006）》和《大学先修班课程标准华文及华文与文学（2006）》中将金庸的武侠小说（中学阶段选《射雕英雄传》中第三十五至三十六回；高中阶段选《雪山飞狐》整部作品）纳入华文文学特定教材里。（《中学华文文学课程标准》，2006：20；《大学先修班课程标准 —— 华文及华文与文学》，2006：22）对新加坡的华文教育界而言，这开启了崭新的一页。教育部除了肯定金庸的武侠小说是可读性高、具典范性且内容意识健康的文学作品之外，也希望能引起学生学习华文的兴趣。（《中学华文文学课程标准》，2006：9；《大学先修班课程标准 —— 华文及华文与文学》，2006：17）

由于金庸的武侠小说首次被引进到新加坡华文教学里，本文将以新加坡教育部给高中华文课程选用的金庸《雪山飞狐》为例，讨论其运用在新加坡华文教学上的处理方式。

二　新加坡学校的武侠小说教学模式

新加坡高中课标里的教学指引建议小说教学可做以下的处理：（1）扣紧小说的基本特征与具体内容、介绍作者生平、时代背景；（2）引导学生掌握小说情节；（3）引导学生注意小说中各种刻画人物的手段。（《大学先修班课程标准 —— 华文及华文与文学》，2006：28-29）根据目前在新加坡市面上所见到的，为学校编写的武侠小说赏析材料来看，它颇配合新加坡教育部的教学建议而编写的，即从作者介绍、写作背景、内容概要、思想内容、艺术特色、人物形象等六个方面来分析作品。新加坡的学校目前所采用的武侠小说教学方式，也能配合教育部的教学建议，著重这六个方面的教学来设计的。其中，思想内容、艺术特色和人物形象是教学重点。（南洋初级学院编，《现代中篇小说·雪山飞狐赏析》，2006）

在进行《雪山飞狐》的教学时，教师一般先介绍作者和写作背景，然后讲述《雪山飞狐》的内容情节，接著，进一步讲解分析《雪山飞狐》的思想内容、艺术特色和主要人物的形象。这是配合课标的要求、建议而进行的教学方式。这种教学方式的重点在于，教师教导学生认识作者和认识作品的写作背景，著重介绍、分析作品的内容情节、思想内容、艺术特色和主要人物的形象，以让学生掌握和提升他们在阅读、理解、分析、欣赏作品的能力，并感受、品味文学作品的语言和艺术技巧的表现力，进而提高学生阅读华文文学作品的兴趣。此外，希望学生能通过对文学作品的阅读和欣赏，在受到文学作品的熏陶下，陶冶其性情，美化其人格。（《大学先修班课程标准——华文及华文与文学》，2006：10）然而，这个教学模式的不足之处在于，学生不必阅读原著也可通过教师的讲解分析或学校编写（或坊间出版）的赏析材料来了解作品的内容情节、思想内容、艺术特色和人物形象。它可能造成学生在学习上取巧，而学生的学习重点则偏重对作品的思想内容、艺术特色和主要人物的形象的认识与理解。实际上，学生必须阅读原作品才能真正感受和品味作品的语言、艺术技巧和人物的性格。

三 多元智能理论的特质与启示

　　《雪山飞狐》的教学可采用的另一个教学模式是运用多元智能理论。多元智能是美国著名心理学家和教育学家加德纳（Howard Gardner，1943-）于一九八三年提出的理论。加德纳认为，传统的智能观偏重于学生的语言和数理逻辑能力，而标准化的智商测试，只注重语言和数理能力的判断，并不能全面反映学生的能力。（Howard Gardner，1983：3-5）他认为：每个人都具备多种智能，而每一种智能都有其发展特征，也能够在某些特殊的人身上展现出来。（Howard Gardner，1983：8-9）加德纳的观点是：智能不是某种神奇的、只有少数人才拥有的。每一个人都不同程度地拥有各种智能，并表现在生活的各个方面。他把智能视为在特定文化背景或社会中解决问题或制造产品非常重要的能力，它包含了以下含义，即智能离不开实际生活；智能必须通过解决实际问题来体现；能对自己所属文化提供重要的创造和服务，是智能的最高表现。（见表一）（Howard Gardner，1983：60-61；吴志宏、郅庭瑾，2003：5）

表一： "智能"界定的变化（Silver Harvey F., Strong Richard W. & Perini Matthew J.，2000：7；（美）哈维·席尔瓦、理查德·斯特朗、修·佩里尼著，张玲译，2003：4）

旧观点	新观点
• 智能是固定不变的	• 智能是发展变化的
• 智能可以用数字来衡量	• 智能无法量化，而是在工作表现或解决问题的过程中显现
• 智能是一元的	• 智能可以以多种方式呈现，即智能是多元的
• 智能可以孤立地进行衡量	• 智能只能在真实的环境中/真实生活的背景中才能衡量
• 智能可以用来将学生分类，并预测他们的成功	• 智能可以用来了解人的能力以及学生能够成功的多种方式

加德纳提出每一个人至少有八种智能：语言智能（Linguistic Intelligence）、逻辑-数学智能（Logical-Mathematical Intelligence）、视觉空间智能（Spatial Intelligence）、音乐智能（Musical Intelligence）、身体运动智能（Bodily-Kinesthetic Intelligence）、人际智能（Interpersonal Intelligence）、内省智能（Intrapersonal Intelligence）和自然智能（Naturalist Intelligence）。这八种智能的特征扼要介绍如下（见表二）：

（1）语言智能（Linguistic Intelligence）：

语言表达以及各种较复杂的语言表达形式的能力，包括讲故事、诗歌创作、阅读、写作、演讲、写日记、讨论、辩论等。

（2）逻辑-数学智能（Logical-Mathematical Intelligence）：

各种科学思维、归纳推理和进行复杂运算的能力，包括识别图形的能力、理解和运用抽象符号（如数学和几何图形）的能力、辨别信息之间关系的能力。

（3）视觉空间智能（Spatial Intelligence）：

运用三维空间进行思维的能力，它涉及视觉艺术（如绘画、雕塑）、航海、地图绘制、建筑、游戏（如下棋）。这种智能的主要感觉基础是视觉，它也包括在大脑中形成图像的能力。

（4）音乐智能（Musical Intelligence）：

即感知、识别、运用节奏和音调的能力，如音乐创作、演奏、敲击声、演唱等，对于环境、人和乐器的声音具敏感性。

（5）身体运动智能（Bodily-Kinesthetic Intelligence）：

运用身体表达情感（如舞蹈）、做游戏（如运动）和创造新产品（发明创造）的能力，它包括戏剧表演、角色扮演、体操、运动、舞蹈等。

（6）人际智能（Interpersonal Intelligence）：

指与他人交往、合作的能力和运用语言或非语言手段与他人沟通的能力，它包括合作学习、小组讨论、人际交流、提供/接受反馈、觉察他人动机、理解他人感受等。

（7）内省智能（Intrapersonal Intelligence）：

了解自己，有自我觉察的能力，包括对情感反应的思维过程、自我反思、专注、独立研究、自我了解等。

（8）自然智能（Naturalist Intelligence）：

观察、理解、欣赏大自然中各种动植物的能力；对自然界、生存与自然界的生命、天气和自然史等具有好奇心，包括观察／接触大自然、实地考察学习等。

（Howard Gardner, 1983：73-276；Howard Gardner, 1999：41-43, 48-52；David Lazear, 2003：4-5；Silver Harvey F., Strong Richard W. & Perini Matthew J., 2000：5-20）

表二：多元智能的特质（Silver Harvey F., Strong Richard W. & Perini Matthew J., 2000：11；（美）哈维·席尔瓦、理查德·斯特朗、马修·佩里尼著，张玲译，2003：9）

特质／智能	敏感于	倾向于	能够
语言智能	声音、意义、结构、语言风格	听、说、读、写	说话自如（教师、宗教领袖、政治家）或书写流畅（诗人、记者、作家、广告撰稿人、编辑）
逻辑-数学智能	模型、数学和数据，因果关系、客观和定量的推理	发现模型、进行计算、形成和验证假设，使用科学方法，演绎和归纳推理	用数字有效地工作（会计、统计师、经济学家）和有效推理（工程师、科学家、程序员）
视觉空间智能	色性、形状、视觉游戏、对称、	将观念视觉化，创造心理意象，	视觉创作（艺术家、摄影师、工程

特质／智能	敏感于	倾向于	能够
	线条、意象	注意视觉细节，绘画和素描	师、装潢人员）和视觉准确定位（导游、侦查、巡逻员）
音乐智能	音调、节拍、速度、旋律、音高、声音	听、唱、弹奏乐器	创作音乐（作曲家、音乐家、乐师、乐队指挥）和分析音乐（乐评家）
身体运动智能	触摸、运动、自己身体的状况、体育（竞赛）	需要力量、速度、灵活性、手眼协调和平衡的活动	用手去固定或创造（机械工、外科医生、木工、雕刻家、泥瓦匠），用身体去表现（舞蹈者、运动员、演员）
人际智能	身体语言、情绪、声音、感受	关注他人的感受与个性，并做出回应	与人共事（行政人员、经理、咨询师、教师），并帮助人们发现问题、解决问题（治疗师、心理学家）
内省智能	自己的优点、弱点、目标和需求	确立目标，评估人的能力，及其弱点，监控自己的思维	调解、反思、展示自律，保持冷静，超越自我

特质／智能	敏感于	倾向于	能够
自然智能	自然物体、植物、动物，自然规律，生态问题	对生物和自然物的鉴别和归类	分析生态和自然环境及数据（生态学家和巡逻员），从生物中学习（动物学家、植物学家、兽医），在自然环境中工作（猎人、侦查员）

　　加德纳的多元智能理论的要点包括：（1）在解决问题的方法上，每个人表现出独特的智能，当前以语言和数理逻辑能力为取向的标准化教育方式，必然会忽视学生在其他智能的表现。（2）在语言和数理逻辑方面能力不优异的学生，可以依靠他们的强势智能来提高学习效果。（3）各种智能不是独立存在，而且相互作用，并以复杂的方式统整运作，以完成目标。（4）给予适度的鼓励和指导，每个人都有能力将八大智能发展到适度的水平。（5）智能的表现方式极为丰富多样，例如一个人可能不会弹奏乐器，但却能唱一首悦耳动听的歌。（6）我们无法通过另一种智能的媒介来发展或评估一种智能，例如一个人的音乐智能不可能只通过讨论音乐而获得发展，它需要有弹奏各种乐器经验，组合一种旋律来得到发展。（Howard Gardner，1983：331-366；张新仁主编，2003：514-515）

　　加德纳的多元智能理论的确立在教学上所给予的启示主要在：（1）每个学生都拥有独特的智能结构，强弱也不相同，它们都应得到发展。学校教育应重视学生智能发展的多样性和广泛性，开发学生的创造潜能。（张新仁主编，2003：520；吴志宏、邹庭瑾，2003：9；霍力岩等著，2003：32）（2）教师应该从不同的角度去了解学生的特长，并采用创造性的教学策略，使学生的特长得到充分发挥，开创学生的创造力。（张新仁主编，2003：521；吴志宏、邹庭瑾，2003：9；霍力岩等著，2003：35）（3）有效的教学应根据学生的特质进行多元化教学，进行差异处理，发展学生的优势智能，激发学生的弱势智能，帮助学生把优势智能的特点迁移到其他的学习领域中，提供各种不同的表现机会，让学生表现出对学习内容的理解。（张新仁主编，2003：529；吴志宏、邹庭瑾，2003：9；霍力岩等著，2003：33-34）

四　多元智能模式下教师的任务和学生的学习

我们可通过下列的表格了解在多元智能模式下教师的任务和学生的学习。

智能类型	教师任务	学生学习
语言智能	讲解诗歌怎样传递情感、让学生参加辩论、讲故事、作访问等	写故事、写信、讨论、作访问、写诗歌、辩论、写报告、快板、相声、数来宝等
逻辑-数学智能	要求学生展现事件的序列、让学生分析情况、推定因果、说明异同、进行评价等	说明事件的序列、分析情况、推定因果、说明异同、进行评价等

智能类型	教师任务	学生学习
视觉空间智能	开展视觉型活动、提供机会让学生通过画图、地图、设计服装、素描、电脑绘图等展示所理解的事物	画图、画地图、设计服装、素描、电脑绘图等
音乐智能	鼓励学生进行音乐创作、通过唱歌、乐器演奏把所理解的内容表现出来	音乐创作、歌曲创作、独唱、吟唱、合唱、玩乐器等
身体运动智能	提供学生进行跳舞、表演、比赛等的机会	跳舞、课堂戏剧表演、角色扮演、模仿等
人际智能	提供学生进行分享、小组合作学习的机会、创造一个能让学生调解纷争、助人解决问题的情境	能够分享、理解不同观点、进行小组合作学习、调解纷争、进行协调、助人解决问题等
内省智能	帮助学生制定和调整个人的人生目标、提供学生反思和表达个人兴趣的机会	进行反思、自我反省、自我觉察、追求个人兴趣、设定个人的人生目标等
自然智能	把户外作为课堂、鼓励学生研究自然问题、报告所发现的或所理解的自然界事物	了解自然界中动植物的各种关系、研究自然问题、报告个人的发现等

五 多元智能模式下的武侠小说教学——以《雪山飞狐》为例

《雪山飞狐》运用多元智能模式来进行教学。（见下面的网式图形）

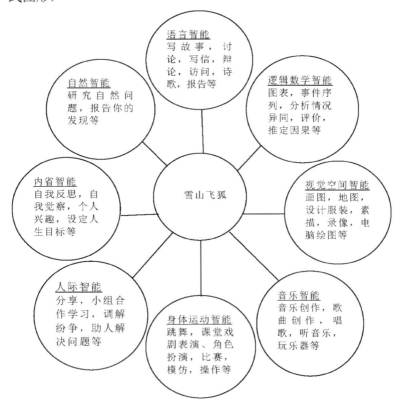

语言智能

- 将学生分成四人一组的合作小组。在每个小组中分配阅读的各个角色。

- 小组合作：对《雪山飞狐》中的某个人物（胡一刀、苗人凤、田归农、宝树和尚、胡斐、苗若兰、胡一刀夫人等）进行研究，然后作口头报告。

- 小组合作：完成《雪山飞狐》的结局，从胡斐这一刀到底劈还是不劈往下发展。

- 小组合作：写出对这部小说的读后感。

- 小组合作：写一首诗来表达对这部小说的理解或对某某人物的情怀。

- 小组合作：进行小组对小组的辩论。辩论题目一（建议）：胡斐这一刀该不该劈？正方立场：该劈；反方立场：不该劈。辩论题目二（建议）：武侠小说属于正统文学。正方立场：属于正统文学；反方立场：不属于正统文学。

- 小组合作：讨论《雪山飞狐》的思想内容，然后作口头报告。

- 小组合作：讨论《雪山飞狐》的写作技巧，然后作口头报告。

- 小组合作：讨论《雪山飞狐》中运用多人说故事的写作手法，然后作口头报告。

- 小组合作：学生通过电脑视像，与金庸做一段访谈。

- 小组合作：可针对小说的任何内容，写一段相声。

- 小组合作：可针对小说的任何内容，写一段快板。

- 小组合作：可针对小说的任何内容，写一段数来宝。

逻辑–数学智能

- 要求学生通过图表，列出小说中人物关系图谱，并在课堂上进行讲述。
- 请学生说明事件的序列，如胡一刀是如何死的？或胡苗范田四家的世代仇怨是怎么形成的？
- 请学生分析情况，并在课堂上进行讲述：如分析胡斐这一刀为什么该劈或为什么不该劈；胡斐和苗若兰的感情会不会有结果？
- 请学生比较异同，并在课堂上进行讲述：如胡一刀和苗人凤或胡夫人和南兰在性格/处事方面的异同。
- 请学生比较异同，并在课堂上进行讲述：比较胡一刀、苗人凤、田归农、范帮主、胡斐这五位男性。
- 请学生比较异同，并在课堂上进行讲述：比较胡夫人、南兰、苗若兰、田青文这四位女性。
- 请学生推定因果，并在课堂上进行讲述：如田归农自尽的前因后果；山洞被胡斐封死后留在洞里抢宝的众人的可能下场。
- 请学生评价：评价胡一刀、苗人凤、范帮主、田归农、胡斐、宝树和尚的为人，并在课堂上进行讲述。
- 请学生分析：《雪山飞狐》的真正主角是胡一刀、苗人凤，还是胡斐？并在课堂上进行讲述。
- 请学生分析：《雪山飞狐》的真正主题是复仇？贪利忘义？人间有真情？侠义精神？或其他？并在课堂上进行讲述。

- 请学生分析：《雪山飞狐》的写作技巧最具特色的是双线索描述手法？空白与场景连缀方式？"悬念"的运用？或其他？并在课堂上进行讲述。

视觉空间智能

- 小组合作：通过画图，画出小说中主要人物的塑像，并在课堂上讲解这些人物的外貌特征、人物性格等。（胡一刀、苗人凤、田归农、胡斐、苗若兰、宝树和尚等）
- 小组合作：根据小说中的描述画一幅地图（可用电脑绘图），标示宝藏的地点，并在课堂上进行解说。
- 小组合作：为小说中的主要人物设计服装，并在课堂上讲解其服装特征。（胡一刀、胡夫人、苗人凤、田归农、胡斐、苗若兰、宝树和尚等）
- 小组合作：通过画图，画出小说中所描述的铁盒和军刀，并在课堂上进行解说。
- 小组合作：通过画图，画出小说中所描述的玉笔峰山庄的上下山用的绞盘、长索及其机械结构，并在课堂上进行解说。

音乐智能

- 小组创作：编写《雪山飞狐》的主题曲、插曲（包括词曲），并在课堂上进行说明。
- 小组合作：演唱《雪山飞狐》的主题曲、插曲。（演唱前先进行说明）
- 小组合作：通过不同的乐器演奏《雪山飞狐》的主题曲、插曲。（演奏前先进行说明）

身体运动智能

- 小组合作：通过舞蹈，表现胡斐和苗若兰两情相悦的情感。（表演前先进行说明）
- 小组合作：课堂戏剧表演或角色扮演，表演胡一刀和苗人凤沧州决战五日的情节或表演胡斐和苗人凤对决的情节。
- 通过比赛，选出哪一位学生所表演的胡家刀法或苗家剑法最好。（表演后学生进行说明）

人际智能

- 学生互相分享他对小说中某一位人物的看法。
- 学生提出对小说中众人在抢宝藏时发生纷争的调解。
- 学生提出看法，协助解决苗人凤和南兰之间的问题。
- 学生提出看法，协助解决曹云奇、田青文、陶子安之间的问题。
- 学生写一封信给金庸，与金庸分享读后的想法。

内省智能

- 学生读了《雪山飞狐》后，反思所得到的启示，然后与全班分享。
- 学生读了《雪山飞狐》后，对小说中的什么有兴趣——刀法？剑术？主题？写作技巧？叙事手法？悬念手法？人物个性？然后与全班分享。
- 学生在设定个人的人生目标时，会以小说中的哪一个人

物为参照——胡一刀？苗人凤？胡斐？胡夫人？苗若
兰？田归农？宝树和尚？……然后与全班分享。

自然智能

- 学生欣赏雪山之美，并与同学分享。
- 学生了解雪花的多种造型，并与同学分享。
- 学生认识雪崩的各种成因、规律，了解其严重性和所带
  来的灾害，并向全班作报告。
- 学生认识雪狐的种类、习性、生活方式等，并与同学分
  享。

采用多元智能的教学方式，其著重点在于它能够促进学生均
衡的发展，不像传统教学偏重在语言和逻辑能力的培养。每一个
学生在学习上突出其个别化，发挥其优势智能，发展其弱势智
能。教师根据学生的不同智能特征进行多元化教学、进行差异处
理，帮助学生把优势智能的特点迁移到其他学习领域中，提供机
会让学生表现其对学习内容的理解力。例如，视觉空间智能较强
的学生可通过画图画出胡一刀的人物塑像，并在课堂上讲述胡一
刀的人物外貌特征、人物性格等，以发展其较弱的语言智能。教
师的角色则从传统的资讯传播者，转变为资源提供者、协助者、
学习的促进者和激励者。多元智能的教学方式实现了以学生为中
心的开放的学习环境，符合因材施教的教育原则。（张新仁主
编，2003：520；吴志宏、邡庭瑾，2003：9；霍力岩等著，
2003：205-206）

六　结语

　　由于武侠小说首次引进新加坡华文教学课程中，对教师和学生而言，将是一种全新的体验。以新加坡教育部所指定使用的特定文学教材——金庸的《雪山飞狐》为例，这部小说在叙事的方法上，在情节的安排上、在人物的塑造上皆有其特色。采用传统教学方式，介绍作者、讲述写作背景、讲述内容概要、分析思想内容、分析艺术特色、分析主要人物形象等，教师是教学的主宰者，学生则是讯息的接收者。其教学效果是：在完成教学后，学生能理解小说的写作背景、内容情节、作者在小说中所要反映的思想内容、作者所运用的写作手法和技巧、作者所刻画的主要人物的性格、形象等。然而，这个教学法的不足之处在于，学生不必阅读原著也可通过教师的讲解分析或学校、坊间编写的赏析材料来了解作品的内容情节、思想内容、艺术特色和人物形象。这造成了学生在学习上取巧的心理，使得学生的学习重点只侧重于对作品的思想内容、艺术特色和主要人物的形象的认识与理解。

　　采用多元智能模式，则从较宽广的方面提供一个「所有学生都有能力」的理念去操作。传统教学方式，用多元智能模式而言，仅是发展了学生在语言和逻辑方面的能力。运用多元智能模式进行教学，教师则提供机会让学生使用他们的其他能力（视觉空间智能、音乐智能、身体运动智能、人际智能、内省智能、自然智能）去展示他们的理解力和学习成果，丰富且扩大的学生学习的范围和经验，学生在学习上取巧的心理减低了。学生必须阅读原著方能理解、体会作者的创作意图和其艺术表现的手法，进而通过多元智能模式发挥其优势智能，发展其弱势智能，并把优势智能的特点迁移到其他学习领域中。通过多元智能模式的教学，学生对华文的学习将更有兴趣，使教和学更为多彩多姿。

参考文献

中文书目

戴维·拉齐尔著，张晓峰译（2004）《学习之路：教给学生和家长多元智能》，北京：教育科学出版社。

David Lazear 著，吕良环等译（2004）《多元智能教学的艺术八种教学方式》，北京：中国轻工业出版社。

哈维·席尔瓦、理查德·斯特朗、马修·佩里尼著，张玲译（2003）《多元智能与学习风格》，北京：教育科学出版社。

霍华德·加德纳著，沈致隆译（2004）《多元智能》，北京：新华出版社。

霍力岩等著（2003）《多元智力理论与多元智力课程研究》，北京：教育科学出版社。

金庸（2005）《雪山飞狐》，广州：广州出版社。

卡罗琳·查普曼著，郅庭瑾译（2004）《在课堂上开发多元智能》，北京：教育科学出版社。

罗宾·福格蒂、朱迪·斯托尔著，郅庭瑾译（2004）《多元智能与课程整合》，北京：教育科学出版社。

南洋初级学院编（2006）《现代中篇小说·雪山飞狐赏析》，新加坡：玲子传媒私人有限公司。

Robin Fogarty 著，钱美华、许晶晶、王立娜译（2005）《多元智能与问题式学习》，北京：中国轻工业出版社。

托马斯·R·霍尔著，郅庭瑾译（2003）《成为一所多元智能学校》，北京：教育科学出版社。

吴志宏、郅庭瑾（2003）《多元智能：理论、方法与实践》，上海：上海教育出版社。

新加坡教育部课程规划与发展署（2006）《中学华文文学课程标》，新加坡：教育部。

新加坡教育部课程规划与发展署（2006）《大学先修班课程标准华文及华文与文学》，新加坡：教育部。

张新仁主编（2003）《学习与教学新趋势》，台北：心理出版社。

英文书目

Campbell L. (1999). *Multiple Intelligences and Student Achievement: Success Stories from Six Schools.* Alexandria, Va.: Association for Supervision and Curriculum Development.

Campbell L. (2004). *Teaching and Learning through Multiple Intelligences.* Boston: Pearson/Allyn and Bacon.

Chapman C. (1993). *If the Shoe Fits...: How to Develop Multiple Intelligences in the Classroom.* Palatine, Ill.: IRI/Skylight Publishing.

Fogarty R. (1995). *Integrating Curricula with Multiple Intelligences: Teams, themes, and threads.* Palatine, Ill.: IRI/Skylight Publishers.

Fogarty R. (1995). *Multiple Intelligences: A Collection.* Palatine, Ill.: IRI/Skylight Publishers.

Gardner H. (1983). *Frames of Mind: The Theory of Multiple Intelligence.* New York: Basic Books, Inc. Publishers.

Gardner H. (1991). *The Unschooled Mind: How Children Think and How Schools should Teach.* New York: Basic Books.

Gardner H. (1993). *Multiple Intelligences: The Theory in Practice.* New York: Basic Books, Inc. Publishers.

Gardner H. (1999). *Intelligence Reframed: Multiple Intelligenc for the 21st Century.* New York: Basic Books, Inc. Publishers.

Hoerr T. R. (2000). *Becoming a Multiple Intelligences School.* Alexandria, Va.: Association for Supervision and Curriculum Development.

Lazear D. (1992). *Teaching for Multiple Intelligences.* Bloomington, Ind.: Phil Delta Kappa Educational Foundation.

Lazear D. (1994). *Seven Pathways of Learning: Teaching Students and Parents about Multiple Intelligences.* Tucson, Ariz.: Zephyr Press.

Lazear D. (1999). *Eight Ways of Knowing: Teaching for Multiple Intelligences.* Arlington Heights, Ill.: Skylight Training and Publishers.

Lazear D. (2003). *Eight Ways of Teaching: The Artistry of Teaching with Multiple Intelligences.* Arlington Heights, IL: Skylight Professional Development.

Silver H. F., Strong R. W. & Perini M. J. (2000). *So Each May Learn: Integrating Learning Styles and Multiple Intelligences.*

Alexandria, Va.: Association for Supervision and Curriculum Development.

本文曾发表于《华文学刊》2006年第1期，页79-92。

听说游戏和新加坡小学的华文教学

摘要

听说是重要的语言技能，是语言学习的基础。从语文教学心理学的角度而言，小学阶段应该重视听说的训练，这对提高学生的语言和思维能力起著关键的作用。新加坡小学的华文教学重视听说能力的培养，而听说游戏在听说教学中可以发挥其功能，使得听说的课堂训练和活动更为多样活泼。通过听说游戏，教师可根据教学需要开展多元的教学活动，发挥学生的潜能，让学生体验成功，以增加学生学习华文的兴趣。

关键词：语言学习　语言技能　华文教学　小学华文　听说游戏

一 前言

听说是语言学习的基本功，是重要的语言技能。在日常生活中，听占45%，说占30%，读占16%，写占9%。（张鸿苓，2003：66）听说共占日常生活中75%，可见听说的重要性。在课堂中，学生必须通过听来汲取知识；而说话能力的培养，对写作则有莫大的帮助。因此，从语文教学心理学的角度而言，小学阶段如果能重视听说的训练，则能提高学生的语言和思维能力。（朱作仁、祝新华，2001：113-126）新加坡教育部于2007年在小学一、二年级推行小学华文新课程。在其课标中课程理念方面清楚列明：在培养学生听、说能力的基础上，加强读、写能力的培养。……华文课程也应为教师提供发挥的空间，让教师能针对学生的需要，采取不同的策略，开展多元的教学活动，发挥学生的潜能，让学生体验成功。（《小学华文课程标准》，2007：3）其教学重点，即奠基阶段（小一至小四），著重听说的训练。（《小学华文课程标准》，2007：15）很明显，听说能力是新加坡小学低年级学生训练的基础和重点，教师可根据教学需要开展多元的教学活动，发挥学生的潜能，让学生体验成功，以增加学生学习华文的兴趣。在听说教学中，听说游戏的应用，可以发挥其功能，使得听说的课堂训练和活动更为活泼多样。本文主要是配合小学华文新教材的使用，介绍并说明适合在新加坡小学进行的听说游戏。文中也使用部分小学华文旧教材和合适的课外材料作为听说游戏的内容。

二　国外的听说游戏略述

听说游戏在中国大陆和西方教学界中并不陌生。教师和专家学者大都鼓励通过听说游戏来训练学生的听说和思维能力。

（一）中国大陆

中国的教师，有的在进行听说教学活动时，用一课时的时间通过"传话游戏"来教学。（王志凯、王荣生，2004：73-75）整堂课的重点在于学生在传话时要注意"听清楚，不误传（说），不失传（说）；要听得清、记得牢、传（说）得准"，即训练学生听和说的能力，同时又通过游戏竞赛方式发挥学生听和说的潜能。游戏竞赛传话的内容中，例如，"今天、明天、星期天"、"上午、下午"、"四点、十点、七点"是较关键的词语，学生听不准，也就传（说）不准，尤其是"四、十、七"的字音如果发得不准确，例如"四"（si）发成"十"（shi），那话语的意思就变样了。所以，学生必须把字音发得准，才算完成任务。

（二）西方

西方著名语言学家 William Francis Mackey（1918-）在其著作《语言教学分析》一书中，介绍了许多有关听说读写的语文游戏。（［加］W.F. 麦基著，王得杏等译，1991：513-531）他所介绍的听说游戏，形式多样，包括听话传话、听后寻找实物、指和说、看和说、集体编故事（说）等。其中，听后寻找实物注重听力理解（听），指和说、看和说注重把话说准说对（说），听话传话注重听得清、记得牢、传（说）得准（听说），集体编故事注重听清楚、说得对（听说）。教师可根据学生的水平设置内容不同、难易度不同的课堂听说游戏，来提高学生的听说能力。

三 新加坡小学可进行的听说游戏

小学阶段是训练听说能力的重要阶段，小学生在这个阶段应逐步发展他们的思维能力，包括概括能力、比较能力、分类能力、推理能力、观察能力、记忆能力、想象能力等。（王耘、叶忠根、林崇德，2005：151-224）这些能力可以通过生动有趣的听说游戏的学习过程中达到。下面介绍的听说游戏，主要是配合目前新加坡小学使用的华文教材，学生学习过的字、词、短语、句子、成语等，也可用一些课外的词语进行（供语文水平较高的学生或在小组比赛时，用来作为奖励分）。听说游戏可用一般的方式（如课堂结束前的复习）或小组比赛的方式进行，形式可多样，例如每组轮答，抢答，补答等等，答对就得分，也可以小奖品鼓励，让学生体验成功。教师可以用一堂课的时间（三十分钟）来进行听说游戏，也可以花十至十五分钟的课间时间进行，目的用以巩固、加强、检测学生所学的知识和其听说能力、思维能力的培养。本文介绍十种听说游戏供老师们参考和斟酌使用。

（一）猜字谜

教师可用较浅白的话语说出字谜（不必照念谜题），让学生听后猜测。学生在思考的过程中，教师可以提供帮助，引导学生学生说出正确的答案，教师就给予鼓励（或奖励）。

下列括弧中的单字都是小学教材里出现的。

- 六十天（朋）（1A，第5课）
- 一只狗、两张口（哭）（2A，第1课）
- 老朋友（做）（2A，第4课）
- 同胞兄弟（捉）（2A，第8课）
- 一借再借（欢）（2B，第13课）
- 自己跟自己说话（记）（2A，第21课）
- 退潮（法）（2B，第16课）
- 去了一人还有一口，去了一口还有一人（合）（2B，第18课）
- 半把剪刀（判）（5A，单元1.2）
- 告别（扮）（5A，单元4.1）
- 哑巴谈天（批）（6A，单元2.1）

（二）成语谜

这组成语除了人云亦云、以身作则、大公无私和志同道合出自于小学成语表外，其余的十一个成语皆是课外的材料。教师可用较浅白的话语说出成语谜（不必照念谜题），让学生听后猜测。学生在思考的过程中，教师可以提供帮助，引导学生学生说出正确的答案，教师就给予鼓励（或奖励）。

- 鹦鹉学人说话（人云亦云）（小学成语表，高级华文）
- 量体裁衣（以身作则）（小学成语表，华文／高级华文）
- 八（大公无私）（小学成语表，华文／高级华文）
- 心往一处想，路往一处走（志同道合）（小学成语表，华文／高级华文）

- 吃瓜子（吞吞吐吐）
- 大合唱（异口同声）
- 警报（一鸣惊人）
- 旧账还请（一笔勾销）
- 跳伞（一落千丈）
- 西游记人物开大会（聚精会神）
- 军事论文（纸上谈兵）
- 气球上天（不翼而飞）
- 枕头（置之脑后）
- 单口相声（自言自语）
- 高射炮手（见机行事）

（三）容易读错的字词

下列的二十三个字词全出自小学华文新教材（小一、小二），学生较容易说错其字音或声调，如抹（ma）是第一声（阴平）不是第四声（去声）；如翅膀（chibang）不是 chipang 等。教师可说出正确或错误的字音或声调，让学生分辨（发展听辨的能力），然后要求学生说出对的音或调。

- 抹桌子（1B，第8课，核心《是你们啊》）（1B，第15课，核心《别说我小》）
- 匹（1B，第14课，核心《数字歌》）
- 背书包（1B，第15课，核心《别说我小》）（2A，第1课，深广《我比去年更快乐》）
- 翅膀（2A，第4课，深广《会飞的蚂蚁》）
- 风筝（2A，第4课，深广《会飞的蚂蚁》）

- 喷（2A，第5课，核心《天上的大象》）
- 买卖（2A，第8课，我爱阅读《学华文要用心》）
- 一会儿（2A，第8课，核心《小猫钓鱼》）
- 相片（2A，第11课，深广《争"相片"》）
- 跌倒（1B，第15课，深广《勇敢的人》）（2A，第12课，核心《我的好朋友》）
- 踢球（2A，第12课，核心《我的好朋友》）
- 捉迷藏（2B，第17课，深广《爷爷的童年》）
- 泡、饱、跑、抱、袍、炮（2B，第13课，我爱阅读《"包"字歌》）
- 泡茶、吃饱（2B，第13课，语文园地）
- 睁大了眼睛（2B，第13课，深广《一本书和十本书》）
- 著急（2B，第14课，核心《它们自己爬上来了》）
- 生肖（2B，第20课，核心《猫和老鼠》）
- 耳朵（2B，第20课，深广《小公鸡借耳朵》）
- 一副（眼镜）（2B，第20课，深广《小公鸡借耳朵》）
- 蝙蝠（2B，第20课，深广《小公鸡借耳朵》）
- 撞（2B，第20课，深广《小公鸡借耳朵》）
- 跌跌撞撞（2B，第20课，深广《小公鸡借耳朵》）
- 一幅（2B，第22课，深广《海》）

（四）说成语

下列的这组成语中，带"不"、"人"、"口"字和带动物的成语，出自小学成语表，其他的来自课外。教师说明要求后（例如，请学生说出带"人"字的成语），学生可根据教师的要求说出他所认识成语。教师也可提高难度，规定"人"必须出现的位置，如出现在第一个字（人云亦云），或出现在第四个字（舍己为人）。

- 带"不"字的成语（不务正业，不自量力，不可救药）（小学成语表）
- 带"人"字的成语（出人头地，人云亦云，舍己为人）（小学成语表）
- 带"口"字的成语（口是心非，苦口婆心，良药苦口）（小学成语表）
- 带动物的成语（害群之马，狐假虎威，守株待兔）（小学成语表）
- 带"花"字的成语（花言巧语［小学成语表］，五花八门，春暖花开）
- 带"山"字的成语（名落孙山［小学成语表］，放虎归山，跋山涉水）
- 带"木"字的成语（移花接木，呆若木鸡，入木三分）
- 带"风"字的成语（捕风捉影，谈笑风生，弱不禁风）

（五）说反义词

下面所列的反义词全出自小学华文新教材（小一、小二），教师可说出其中一个字义，要求学生听后能说出相反的字义。教师也可以先说一个错误的反义词，让学生纠正，说出正确的反义词。

- 多—少（1B，第11课，语文园地）（2A，第11课，语文园地）

- 上—下（1B，第11课，语文园地）

- 来—去（1B，第11课，语文园地）（2B，第22课，语文园地）

- 左—右（1B，第11课，语文园地）（2B，第19课，语文园地）

- 早—晚（1B，第11课，语文园地）

- 进—出（1B，第11课，语文园地）

- 哭—笑（2A，第1课，我爱阅读《门牙掉了》）（2B，第21课，语文园地）

- 买—卖（2A，第8课，我爱阅读《学华文要用心》）

- 大—小（2A，第11课，语文园地）

- 长—短（2B，第19课，核心《谁住顶楼》）

- 轻—重（2B，第19课，核心《谁住顶楼》）

- 干—湿（2B，第19课，语文园地）

- 难—容易（2B，第19课，语文园地）

（六）词语接龙

　　词语接龙可训练学生的联想力。它有三种方式：一种方式是第二个词的第一个字必须是第一个词的最后一个字，如，今天—天上；另一种方式是第二个词的第一个字，只要是同音（声调可以不同）就接受，如，今天—田地。第三种方式是第二个词中的任何一个字只要是同音（音调可以不同）就接受，如，今天—紧张／田地。教师可根据学生的水平说明要求（上述三种方式的任何一种），让学生进行接龙游戏，说出正确的词语。

- 今天—天上—

- 生长—长大—
- 上学—学生—
- 大声—声音—
- 新书—书本—
- 著急—急忙—
- 喜欢—欢心—
- 打开—开门—
- 回去—去年—
- 忽然—然后—
- 照顾—顾客—
- 拍照—照相—
- 满意—意外—
- 事情—情形—
- 居住—住家—

（七）绕口令

绕口令的特色是短小精悍、节奏感强，内容活泼有趣，是训练听说的好材料。说话人必须准确、清晰地说出段子，听话人则需仔细聆听说话人吐字是否清楚，发音是否正确。这对小学学生的语言发展，起著正面的作用。下面介绍十则绕口令，从声母、韵母和对比辨读等方面来训练学生的发音和吐字。声母练习选了 s, sh（四 si；十 shi，是 shi）；b, p（八 ba，百 bai，标 biao，兵 bing，奔 ben，北 bei，并 bing，边 bian；坡 po，炮 pao，跑 pao，排 pai，怕 pa，碰 peng）；b, d（扁 bian，板 ban，绑 bang；担 dan，凳 deng）和 s, z（三 san，嫂 sao，酸 suan；子 zi，枣

zao）。韵母练习选了 a, e, i, iang（搭 da，塔 ta；鹅 e，河 he；石 shi，柿 shi，李 li，栗 li，梨 li；杨 yang，羊 yang，养 yang，蒋 jiang，墙 qiang）。对比辨读练习选了 en—ing，f—h，yi—yu（瓶 pin，盆 pen；发 fa，化 hua；严 yan，眼 yan，圆 yuan）。

- 声母练习
  （1）四是四　十是十

  　　四是四，十是十

  　　十四是十四，四十是四十

  　　四十不是十四，十四不是四十　（1A,汉语拼音，复习一）　（s, sh）

  （2）八百标兵

  　　八百标兵奔北坡

  　　炮兵并排北边跑

  　　炮兵怕把标兵碰

  　　标兵怕碰炮兵炮　（b, p）

  （3）扁担长　板凳宽

  　　扁担长，板凳宽

  　　板凳没有扁担长

  　　扁担没有板凳宽

  　　扁担绑在板凳上

  　　板凳不让扁担绑在板凳上

  　　扁担偏要绑在板凳上　（b, d）

（4）三哥三嫂子

　　　三哥三嫂子

　　　请你借我三斗三升酸枣子

　　　等我明年上山摘了酸枣子

　　　就还三哥三嫂子

　　　这三斗三升酸枣子　　（s, z）

- 韵母练习

　（1）白石塔

　　　白石塔，白石搭

　　　白石搭白塔

　　　白塔白石搭　　（a）

　（2）七棵树上七样果

　　　一二三，三二一

　　　一二三四五六七

　　　七棵树上七样果

　　　苹果、桃子、石榴、柿子、李子、栗子、梨　　（i）

　（3）鹅要过河

　　　坡上立著一只鹅

　　　坡下就是一条河

　　　宽宽的河

　　　肥肥的鹅

鹅要过河

河要渡鹅

不知是鹅过河还是河渡鹅　　（e）

（4）杨家养了一只羊

　　杨家养了一只羊

　　蒋家修了一道墙

　　杨家的羊撞倒蒋家的墙

　　蒋家的墙压死杨家的羊

　　杨家要蒋家培羊

　　蒋家要杨家赔墙　　（iang）

- 对比辨读

（1）车上有个盆

　　车上有个盆

　　盆里有个瓶

　　砰砰砰

　　不知是盆碰瓶还是瓶碰盆　　（en—ing）

（2）理发和理化

　　我们学理发

　　他们学理化

　　学了理发学理化

　　学了理化学理发

　　学会理化却不会理发

学会理发却不会理化　　（f—h）

（3）山上有个严圆眼

山上有个严圆眼

山下有个严眼圆

二人上山来比眼

不知是严圆眼的眼比严眼圆的眼圆

还是严眼圆的眼比严圆眼的眼圆　　（yi—yu）

（八）说出正确的读音

下列的这组字词全出自小学华文新教材（小一、小二），教师展示了字形相近的一组字词后，要求学生说出正确的读音。教师也可以把字词制作成个别的卡片，每一张卡片上只显示一个字或词，教师说出某个字词的读音，学生听后，寻找卡片，说出读音，如果说对了，教师就给予鼓励（或奖励）。

- 日—目（1A，第3课，语文园地）
- 木—本（1A，第3课，语文园地）
- 月—目（1A，第3课，语文园地）
- 青—清（1A，第3课，语文园地）
- 亲—新（1B，第7课，语文园地）
- 生—星（1B，第7课，语文园地）
- 丽—朋（1B，第7课，语文园地）
- 亮—高（1B，第7课，语文园地）
- 拍球—排球（1B，第10课，语文园地）
- 跑步—跳舞（1B，第10课，语文园地）

- 青—清（1B，第12课，我爱阅读《小青蛙》）
- 情—晴（1B，第12课，我爱阅读《小青蛙》）
- 百—白（1B，第14课，语文园地）
- 石—右（1B，第14课，语文园地）
- 毛—手（1B，第14课，语文园地）
- 千—干（1B，第14课，语文园地）
- 颗—棵（1B，第14课，语文园地）
- 块—快（1B，第14课，语文园地）
- 红包—大炮（2A，第3课，语文园地）
- 亲爱—新年（2A，第3课，语文园地）
- 老师—狮子（2A，第3课，语文园地）
- 肉干—赶快（2A，第3课，语文园地）
- 台—抬（2A，第5课，语文园地）
- 弟—第（2A，第5课，语文园地）
- 他—地—池（2A，第5课，语文园地）
- 巴—把—吧（2A，第5课，语文园地）
- 买—卖（2A，第8课，我爱阅读《学华文要用心》）
- 男子—篮子（2A，第8课，我爱阅读《学华文要用心》）
- 发生—花生（2A，第8课，我爱阅读《学华文要用心》）
- 踢、跌、跑、跳（2A，第11课，语文园地）
- 拍、扶、拉、抬（2A，第11课，语文园地）
- 只有—一只（2B，第14课，语文园地）
- 看著—睡著（2B，第14课，语文园地）
- 种子—种在泥土里（2B，第14课，语文园地）
- 年少—多少（2B，第21课，语文园地）

- 教师—教华文（2B，第21课，语文园地）
- 睡觉—觉得（2B，第21课，语文园地）

（九）传话—说话

下面所列的句子全出自小学华文新教材（小一、小二），教师可以根据学生的水平决定句子的长短进行传话—说话。游戏可用小组的方式进行，由小组的第一个学生把话传给第二个学生（在耳边轻声地说），以此类推，最后的一个学生则大声说出所听到的话语，看是否与原来的一样。学生必须运用边听边记的能力，之后，要求学生准确无误地说出完整地把句子。

- 我的书包里有书本、铅笔、橡皮、尺、卷笔刀、糖果和游戏机。（1A，第2课，核心，我爱阅读，听听说说，深广）

- 红日圆圆、月儿弯弯、青山高高、河水清清、火焰烘烘。（1A，第3课，核心）

- 左手和右手，两个好朋友，左手帮右手，洗脸又漱口，右手帮左手，画画又打球。（1A，第5课，深广）

- 小小青蛙大眼睛，保护禾苗吃害虫，做了不少好事情，请你保护小青蛙，好让禾苗不生病。（1B，第12课，我爱阅读）

- 一本书，两杯茶，三支笔，四张画，五棵树，六朵花，七头猪，八匹马，九条鱼，十只虾。（1B，第14课，核心）

- 一个生日蛋糕，一杯草莓牛奶，三片牛油面包。（1B，第14课，我爱阅读）

- 我会扫地、抹桌子，还会照顾妹妹。（2A，第1课，核心）

- 过新年，穿新衣，去拜年，吃年糕，拿红包。（2A，第3课，语文园地）

- 我的晚餐有白米饭，青菜，豆腐，鸡蛋，鱼片汤。（2A，第7课，我爱阅读）

- 长长的树枝，美丽的花朵，甜甜的果子。（2B，第13课，语文园地）

- 春天到，小鸟叫，窗外百花开口笑。

  夏天到，阳光照，海边戏水真热闹。

  秋天到，月儿高，灯笼月饼不可少。

  冬天到，雪花飘，溜冰滑雪乐陶陶。（2B，第18课，我爱阅读）

- 蓝蓝的大海，雪白的浪花，小小的贝壳，金色的沙滩。（2B，第22课，语文园地）

（十）传话—说话（猜谜语）

下列的句子有的出自小学华文教材，有些是课外的材料。游戏可用小组的方式进行，游戏要求学生在传话后，最后一个听话人必须先说出完整的句子，然后把谜底说出来。如果这个学生无法说出谜底，全组同学可以帮忙，共同讨论，然后把谜底说出来。

- 爸爸是走在时间前面的人（猜成语）　（夸父逐日）（高级华文）

- 心往一处想，路往一处走（猜成语）　（志同道合）（小学成语表，华文／高级华文）

- 种瓜得瓜不卖瓜（猜成语）（自食其果）
- 一日之计在于晨（猜一字）（旦）
- 左边是绿，右边是红；右边怕水，左边怕虫。（猜一字）（秋）
- 生在水中，但怕水冲，放在水中，无影无踪。（猜一字）（盐）
- 大眼睛，阔嘴巴，谈起话来呱呱呱，会捉害虫人人夸。（猜动物）（青蛙）
- 小东西，四条腿，会走路，会游水。风吹忙缩头，雨打便收尾。身穿铁甲衣，原来是个胆小鬼。（猜动物）（乌龟）

四 结语

听说游戏在语文教学中占有重要的位置，它丰富了教学的内容，使得学习的形式富多样化，同时发展学生的思维能力。在进行听说游戏时，教师可根据学生的水平设置内容不同、难易度不同的课堂听说游戏，来提高学生的听说能力，发挥学生的潜能，让学生体验成功，这将能增加学生学习华文的热忱。从应用语言学的角度而言，听说的训练注重辨音、辨调、话语的传达和理解等能力，（Schmitt Norbert，2002：193-232）听说游戏在方面将能起著重要的辅助作用。而这篇文章重点在于介绍一些可用在小学华文教学上的听说游戏，配合目前新加坡小学使用的教材和一些合适的课外材料，供教师参考，教师可根据教学需要灵活使用，以达到最佳的的教学和学习效益。

参考文献

中文书目

课程规划与发展司（2007）《小学华文课程标准》，新加坡：教育部。

课程规划与发展司（2007）《小学华文》（一、二年级），新加坡：教育部。

W. F. 麦基著，王得杏等译（1991）《语言教学分析》，北京：北京语言学院出版社。

王耘，叶忠根，林崇德（2005）《小学生心理学》，杭州：浙江教育出版社。

王志凯，王荣生（2004）《口语交际教例剖析与教案研制》，南宁：广西教育出版社。

肖奚强等（2006）《应用语言学纲要》，上海：复旦大学出版社。

张鸿苓（2003）《中国当代听说理论与听说教学》，成都：四川教育出版社。

张慧（2005）《绕口令》，北京：中国广播电视出版社。

朱作仁，祝新华（2001）《小学语文教学心理学》，上海：上海教育出版社。

英文书目

Bindley W. (1976). *Listening and Speaking: Games and Activities to Develop Language Skills.* London: The National Association for Remedial Education.

Edwards S. (1999). *Speaking and Listening for All.* London: David Fulton Publishers.

Nunan D. (1999). *Second Language Teaching and Learning.* Boston: Heinle & Heinle Publishers.

Rost M. (1990). *Listening in Language Learning.* London: Longman.

Schmitt N. (2002). *An Introduction to Applied Linguistics.* London: Arnold.

Thornbury S. (2006). *How to Teach Speaking.* London: Longman.

本文曾刊载于陈之权、张连航主编（2007）《理论、实践与反思：新加坡华文教学论文十三篇》，新加坡：南洋理工大学国立教育学院，页82-97。

新加坡中学生的阅读喜好与
华文校本教材

摘要

　　从我们所进行的调查显示，新加坡的中学生最为抗拒的阅读材料是课本。他们大多认为，课本的内容沉闷乏味、千篇一律，因此对课本感到索然无趣。新加坡的中学生对于电影、电视连续剧、YouTube、博客（Blog）、漫画、时尚杂志和小说等内容深感兴趣，认为这满足了他们的求知欲。近年来，新加坡教育部则致力于鼓励学校设置符合个别学校需要的校本课程，目的皆在于提高、巩固和强化学生对华文的学习。从阅读发展心理学的角度而言，中学生的阅读兴趣是直接推动他们去进行阅读的动力；从差异教学的角度而言，学生的学习风格则对他们的学习成效产生直接的影响。因此，学校在制定校本课程时，应从更宽广的层面去考量，配合中学生的学习兴趣和学习风格，选用他们喜爱的材料作为校本教材。如此，才能提高学生学习华文的兴致。

关键词：校本课程　校本教材　阅读兴趣　学习风格　差异教学

一　前言

新加坡教育部在二〇〇四年成立了"华文课程与教学法检讨委员会"，对新加坡华文教学进行全面的检讨。该委员会针对华文课程的教学目标、教学对象、课程内容、教学法、测试等提出了具体可行的建议。其中，建议小学课程中采用为不同学习能力的学生制定的华文单元结构。根据这个单元教学模式，所有小一至小六的学生都必须修读核心单元，它占了华文授课时数的百分之七十至八十。（《华文课程与教学法检讨委员会报告书》，2004：34）这个建议落实在小学华文新课标中（2007年），学生除了需要修读占总课时百分之七十至八十的核心单元之外，其余百分之二十至三十的授课时间，可进行校本单元的教学。（《小学华文课程标准》，2007：10-11）小学华文新课程在二〇一〇年完全实施，（《小学华文课程标准》，2007：1）而中学华文新课程在二〇一一年接轨，（《华文课程与教学法检讨委员会报告书》，2004：36、81）其校本单元占有百分之十至十五的授课时间。（《中学华文课程标准》，2011：29）

把校本单元纳入课程是新加坡教育部课程改革的新措施，其理念是重视和照顾学生的个别差异，给来自不同语言背景、具有不同语言能力的学生提供不同的选择。同时为教师提供发挥的空间，让教师能针对学生的需要，采用不同的教学策略，开展多元的教学活动，发挥学生的潜能，让学生体验成功。（《小学华文课程标准》，2007：3）在小学华文新课标中，教育部建议，学校在进行校本单元时，可根据各自的情况，采用以下任何一种处理方式：（1）采用部分导入／强化单元或深广单元教材，加强针对性教学；（2）利用核心单元教材，丰富教学活动；（3）自行设计教材，丰富学习内容。（《小学华文课程标准》，2007：11）中学在进行校本单元时，可根据各自的情况，采用以下任何一种处理方式：（1）利用国家课程的教材，根据学生的学习需要进行合理的调整；（2）利用辅助性教材，如报章、课外读物等进行教学；（3）自行设计和开发教材，拓展学习内容。（《中学华文课程标准》，2011：29）教师采用国家课程的教材来进行校本单元教学，其教材皆属于中央编制的标准化教材，它不一定能够满足学生学习的需要，也不一定能够满足学生探究知识的兴趣与热忱。一般而言，教师较为清楚哪一类教材最为适合自己的学生，而教师自行设计的教材，反而更具灵活性，它既能配合学生学习的需要，也能照顾学生学习的兴趣。既然我们鼓励教师自编校本教材是较为可行的选择，教师在编制校本教材时，应该了解学生的阅读兴趣、爱好和学习风格（Learning Style），才能编制出适合学生阅读和学习的校本教材。从阅读发展心理学的角度而言，兴趣是推动个体活动的内在动机，当一个人对阅读有了浓厚的兴趣时，它会成为推动人们去从事某种事物的巨大动力。（闫国利，2004：332）从差异教学的角度而言，学生的学习风格则对他们的学习成效产生直接的影响。不同的学生通过适合自己的学习风格，例如：通过观看（Visual）、口述（Verbal, Oral）、聆听（Auditory）、书写（Written）、动作（Kinesthetic）、活动式（Activity-based）等对材料进行理解和吸收，以达到学习的效益。（Riding and Rayner, 1998，72；Roberts and Inman, 2007：97-98）因此，本文所要探讨的是，中学华文新课程在二〇一一年实行，它必须和现行的小学华文新课程接轨，校本单元占有百分之十至十五的授课时间，因而，了解中学生的阅读兴趣、爱好和学习风格对编制适合中学生阅读的校本教材有著密切的关系。

二　调查对象与调查方式

我们以两所中学的学生为调查对象，一所是邻里中学，另一所是特选中学。我们将学生分为两组，一组为中学低年级（中一、中二），一组为中学高年级（中三、中四）。中学低年级的人数为一〇六人，中学高年级的人数为一〇八人，总人数共二一四人。把中学生分为当低年级和高年级两组，用意在于可以较清楚地看出不同年龄层的中学生（十三、十四岁和十五、十六岁）的阅读喜好有何不同。

问卷分为两个部分。第一个部分要求学生把所提供的十个阅读材料按自己的兴趣喜好加以排名。（"1"是最喜欢，"10"是最不喜欢）排名后，要求学生列明原因。问卷所列的是时下新加坡的中学生可能最喜爱的阅读材料，包括课本、漫画、《爆米花》、《ｉ周刊》／《优一周》、武侠小说、博客（Blog）、YouTube、《星期五周报》、歌词、电影等十项。第二个部分要求学生自由填写自己喜欢阅读的材料，并且列明原因。

三 调查结果

问卷第一部分

（1）中学低年级（百分比）

排名		1 %	2 %	3 %	4 %	5 %	6 %	7 %	8 %	9 %	10 %	总计 (%)	1至5 (%)	6至10 (%)
1	课本	0	2	4	6	9	10	14	11	10	34	100	21	79
2	爆米花	10	1	3	5	7	10	13	14	25	12	100	26	74
3	武侠小说	3	9	9	5	6	10	4	14	20	20	100	32	68
4	星期五周报	0	5	2	10	16	15	18	14	10	10	100	33	67
5	电影	35	21	19	6	11	1	1	3	1	2	100	92	8
6	YouTube	21	19	13	14	13	10	5	1	3	1	100	80	20
7	歌词	10	13	19	18	17	12	6	2	1	2	100	77	23
8	博客 Blog	18	12	19	5	10	8	10	6	5	7	100	64	36
9	漫画	12	15	10	13	7	13	10	9	5	6	100	57	43
10	i 周刊 / 优一周	11	8	8	17	12	12	8	12	8	4	100	56	44

（2）中学高年级（百分比）

排名		1 %	2 %	3 %	4 %	5 %	6 %	7 %	8 %	9 %	10 %	总计 (%)	1至5 (%)	6至10 (%)
1	课本	2	0	2	7	4	6	10	14	21	34	100	15	85
2	爆米花	0	2	2	5	14	10	23	21	18	5	100	23	77
3	武侠小说	5	4	3	12	4	7	9	10	19	27	100	28	72
4	星期五周报	0	4	4	9	11	16	23	13	12	8	100	28	72
5	电影	38	23	17	12	5	4	0	1	0	0	100	95	5
6	YouTube	20	22	15	11	4	11	4	5	3	5	100	72	28
7	漫画	19	12	12	12	16	6	4	10	7	2	100	71	29
8	歌词	6	12	16	19	11	12	6	10	4	4	100	64	36
9	i周刊／优一周	6	16	11	12	19	9	8	7	6	6	100	64	36
10	博客 Blog	8	9	27	10	6	7	10	8	6	9	100	60	40

（案：以上两个表的百分比是将小数点四舍五入后所得）

问卷第二部分

（1）中学低年级

喜欢阅读的材料：华文故事书、电视节目、动画、连续剧〔偶像剧〕（韩国、台湾、香港）、综艺节目、爱情小说、时尚杂志、报章、科幻小说、纪录片、文学作品（鲁迅、冰心）、海报、广告、成语故事书、励志小说、卡通片、老夫子、喜剧片、鬼故事、侦探小说、冒险小说、少年文摘、三毛流浪记、蜡笔小新、东滨北源（作文集）、历史故事、童话故事、恐怖片、新闻、百度贴吧、跑道、笑话书、科学书、真实人物的故事、小说等。

（2）中学高年级

喜欢阅读的材料：华文故事书、电视节目、动画、连续剧[偶像剧]（韩国、台湾、香港）、综艺节目、爱情小说、网上文字、时尚杂志、少年文摘、报章、科幻小说、喜剧片、鬼故事、运动讲解书、侦探小说（金田一）、网络小说、华文新闻、笑话书、尤今散文、自传、百科全书、历史小说、菠萝派（女性周刊）、跑道、星座书、成语手册、体育杂志、MTV、散文、小说等。

四 讨论分析和启示

根据调查所得的结果，时下新加坡中学生的阅读喜好，排名和所占百分比（调查结果表中排名一至五的总合）依次如下：

名次	1	2	3	4	5	6	7	8	9	10
中学低年级	电影(92%)	YouTube(80%)	歌词(77%)	博客Blog(64%)	漫画(57%)	i周刊/优一周(56%)	星期五周报(33%)	武侠小说(32%)	爆米花(26%)	课本(21%)

名次	1	2	3	4	5	6	7	8	9	10
中学高年级	电影 (95%)	YouTube (72%)	漫画 (71%)	歌词 (64%)	i 周刊 / 优一周 (64%)	博客 Blog (60%)	星期五周报 (28%)	武侠小说 (28%)	爆米花 (23%)	课本 (15%)

从排名结果来看，中学低年级和高年级的学生最有兴趣的是电影和 YouTube（排名一样，列第一和第二），最没有兴趣的是《星期五周报》、武侠小说、《爆米花》和课本（排名一样，列第七至第十）。至于歌词、博客、漫画和《i 周刊》/《优一周》，中学低年级和高年级的排名略有不同，歌词（低年级排第三、高年级排第四），博客（低年级排第四、高年级排第六），漫画（低年级排第五、高年级排第三），《i 周刊》/《优一周》（低年级排第六、高年级排第五）。

下面，我们将讨论学生在调查表中列下他们所喜爱阅读的材料的原因及其对教师在编制校本教材时所带来的启示：

问卷第一部分

（1）电影

电影是中学生（包括低、高年级）的最爱。他们认为电影的情节丰富，内容生动有趣，画面富有立体感，十分吸引人。有的学生认为电影可以激发更多想象力，利于写作文，它能提高听力和观察力，而且有教育性。因此，教师可利用学生对电影的喜爱和配合学生通过"观看"、"聆听"的学习风格，选择一些富教育意义的电影作为校本材料。

（2）YouTube

YouTube 是中学生（包括低、高年级）的第二爱。它是近几年才冒起的电脑网络新宠儿，主要是一种录像共享的网络资源，使用者可在这个网络上载、浏览并和其他使用者共享资源。由于YouTube 中有许多有趣、精彩的短片、录像，教师可以谨慎地筛选某些据教育意义的短片、录像等，配合学生通过"观看"、"聆听"、"书写"的学习风格，作为校本教材。

（3）歌词

歌词是中学生非常喜爱的，占低年级学生百分之七十七，占高年级学生百分之六十四。许多学生认为歌词可让他们学会生词，并且可以用来表达心中的感受，对华文学习有帮助。虽然有些歌词的词句排列不符合现代汉语的语法规则，但却富有修辞色彩。教师可配合学生通过"观看"、"聆听"的学习风格，选用某一首歌词或某一段歌词作为校本教材，让学生感受华文的美。

（4）博客（Blog）

博客是中学生十分喜爱的，占低年级学生百分之六十四，占高年级学生百分之六十。博客是近年来的电脑网络新宠，它原来是一种以文字、图像为主的网络资源，其信息包罗万象，内容包括各类的资讯、特定的资讯介绍如食品、政治、本地或区域的新闻等；近来，其功能更扩展为人们的"网上日记"。许多人把自己的生活经历、个人感受、个人作品、相关的照片、对事物的看法等上载到"网上日记"与他人分享。读者在阅读后也可以回应

自己的看法、感受，与作者进行网上交流。教师可配合学生通过
"观看"、"书写"的学习风格，使用"网上日记"的某些资源
作为校本教材。

（5）漫画

漫画是中学生喜爱的读物，占低年级学生百分之五十七，占
高年级学生百分之七十一。对于低年级的学生而言，虽然漫画的
内容生动有趣，不过，还有百分之四十三的学生不太喜欢读漫
画，主要的原因是漫画"难懂；不喜欢打打杀杀"。教师在选择
以漫画作为教材时，必须考虑这个因素。至于高年级的学生，大
多认为漫画的内容生动、有趣，容易理解，故事、图画吸引人，
富娱乐性。教师可配合学生通过"观看"的学习风格，选用内容
富教育意义的漫画作为校本教材。

（6）《i 周刊》／《优一周》

《i 周刊》／《优一周》是中学生喜爱的时尚娱乐读物，占
低年级学生百分之五十六，占高年级学生百分之六十四。这两本
华文娱乐杂志图文并茂，内容丰富、多元，报导的多是贴近时下
中学生生活中熟悉的人、事、物，中学生大多对此深感兴趣。有
学生反馈，阅读了这两本杂志后，华文也进步了。配合学生通过
"观看"的学习风格，教师可以挑选这两本杂志中的某些适当的
内容来作为校本教材。

（7）《星期五周报》

《星期五周报》不是中学生喜爱的读物，低年级学生只有百

分之三十三喜爱，高年级学生只有百分之二十八喜爱。《星期五周报》是由新加坡《联合早报》所编制的中学生专刊。这份周报可说是文字和图像并重，内容方面也尽量贴近中学生的年龄特点和生活经验。虽然许多中学生不喜欢阅读这份周报，它不失为一份可以作为教学材料的刊物。教师可从中挑选一些学生感兴趣的课题，配合学生通过"观看"、"口述"、"书写"的学习风格，作为校本教材。

（8）武侠小说

武侠小说不是中学生喜爱的读物，低年级学生只有百分之三十二喜爱，高年级学生只有百分之二十八喜爱。中学生一般不太喜欢读武侠小说，主要的原因在于，他们认为武侠小说有较多的武打场面，而中学生对这些打打杀杀的内容有所抗拒。此外，他们也认为，小说的情节难懂、夸张、不实际，过于天马行空，在现实生活中不可能发生。因此，从学生的反馈中，我们可以了解，武侠小说不太适合用来作为校本教材。教师如果要选用武侠小说作为校本教材，应配合学生通过"观看"、"动作"的学习风格，才能产生教学效益。

（9）《爆米花》

《爆米花》不是中学生喜爱的读物，低年级学生只有百分之二十六喜爱，高年级学生只有百分之二十三喜爱。《爆米花》是由新加坡《联合早报》编制的另一份中学生专刊。这份专刊每个周三出版，附在《联合早报》的副刊中，共有八页。这份专刊能的内容相当丰富，与时下中学生的生活经验相当切合，而且八页全用彩色版，可说是图文并茂。由于它附在《联合早报》的副刊中，中学生一般不看《早报》，也就很少接触《爆米花》了。其实，教师可以从这份专刊中选择一些学生有兴趣的、又贴近学生生活的内容，配合学生通过"观看"、"口述"、"书写"的学习风格，作为校本教材。

（10）课本

课本不是中学生喜爱的读物，低年级学生只有百分之二十一喜爱，高年级学生只有百分之十五喜爱。中学生大多不喜欢读课文，主要原因是，他们认为课文的内容死板、单调、没有趣味，而且过于富教育意味、与现实生活没有关联。还有很重要的原因是，学生觉得课堂大多数时间只在读课本，并且是天天读，因此感觉到非常腻。他们对这种强迫性的阅读产生很大的抗拒感。新加坡教育部所采用的是一纲一本的教育模式，课本全由教育部编制，学校大多只用一套教材（即育部编定的课本）。这套教材的总目标是要提高学生学习华文的兴趣，养成良好的学习态度和习惯，在潜移默化中培养学生的情意品德，认识和传承优秀的华族文化。（《中学华文课程标准》，2011：13）从学生的反馈中，他们认为能从课本中学习到许多新词语，并且阅读了许多名家的散文作品，学习了许多人生的道理。这是对这套课本的肯定。教师可选用较有趣、较贴近现实生活的课文，配合学生通过"观看"、"口述"、"聆听"、"书写"、"动作"、"活动"的学习风格，作为校本教材。

问卷第二部分

（1）中学低年级

　　学生一共写下了约三十五项他们喜欢阅读的材料和原因，现将学生喜欢阅读的材料配合他们的学习风格加以归类：

　　①观看（Visual）：华文故事书、电视节目、动画、连续剧［偶像剧］（韩国、台湾、香港）、综艺节目、爱情小说、时尚杂志、报章、科幻小说、纪录片、文学作品（鲁迅、冰心）、海报、广告、成语故事书、励志小说、卡通片、老夫子、喜剧片、鬼故事、侦探小说、冒险小说、少年文摘、三毛流浪记、蜡笔小新、东滨北源（作文集）、历史故事、童话故事、恐怖片、新闻、百度贴吧、跑道、笑话书、科学书、真实人物的故事、小说等。

　　②口述（Oral）：华文故事书、电视节目、动画、连续剧［偶像剧］（韩国、台湾、香港）、综艺节目、爱情小说、时尚杂志、报章、科幻小说、纪录片、文学作品（鲁迅、冰心）、海报、广告、成语故事书、励志小说、卡通片、老夫子、喜剧片、鬼故事、侦探小说、冒险小说、少年文摘、三毛流浪记、蜡笔小新、东滨北源（作文集）、历史故事、童话故事、恐怖片、新闻、百度贴吧、跑道、笑话书、科学书、真实人物的故事、小说等。

　　③聆听（Auditory）：电视节目、连续剧［偶像剧］（韩国、

台湾、香港)、综艺节目、爱情小说、报章、科幻小说、纪录片、广告、成语故事书、励志小说、卡通片、老夫子、喜剧片、鬼故事、侦探小说、冒险小说、三毛流浪记、蜡笔小新、历史故事、童话故事、恐怖片、新闻、百度贴吧、笑话书、真实人物的故事、小说等。

④书写(Written):华文故事书、电视节目、动画、连续剧〔偶像剧〕(韩国、台湾、香港)、综艺节目、爱情小说、时尚杂志、报章、科幻小说、纪录片、文学作品(鲁迅、冰心)、海报、广告、成语故事书、励志小说、卡通片、老夫子、喜剧片、鬼故事、侦探小说、冒险小说、少年文摘、三毛流浪记、蜡笔小新、东滨北源(作文集)、历史故事、童话故事、恐怖片、新闻、百度贴吧、跑道、笑话书、科学书、真实人物的故事、小说等。

⑤动作(Kinesthetic):电视节目、动画、连续剧〔偶像剧〕(韩国、台湾、香港)、综艺节目、爱情小说、科幻小说、广告、成语故事书、老夫子、喜剧片、鬼故事、侦探小说、冒险小说、三毛流浪记、蜡笔小新、历史故事、童话故事、恐怖片、新闻、笑话书、真实人物的故事等。

⑥活动式(Activity-based):电视节目、动画、连续剧〔偶像剧〕(韩国、台湾、香港)、综艺节目、爱情小说、科幻小说、广告、成语故事书、老夫子、喜剧片、鬼故事、侦探小说、冒险小说、三毛流浪记、蜡笔小新、历史故事、童话故事、恐怖片、新

闻、笑话书、真实人物的故事等。

学生之所以喜欢阅读的这些材料是因为他们大多认为这些材料内容精彩、有趣、感人、让人心情愉快、能增广见闻、增加知识、发人深省、学到做人的道理、可激发想像联想力、对写作有帮助等。此外，这些材料的呈现方式能够配合学生的学习风格。有些学生通过"观看"来理解材料，有些通过"聆听"来理解材料，有些通过"书写"来理解材料，有些通过"口述"来理解材料，有些则通过"观看"和"动作" 或通过"聆听"和"书写"来理解材料等等。因此，教师应该对学生的喜好和学习风格有所了解，在编制中学低年级的校本教材时，可参考上述由学生提供的材料，选用学生既喜欢又能配合他们学习风格的校本教材。

（2）中学高年级

学生一共写下了约三十项他们喜欢阅读的材料和原因，现将学生喜欢阅读的材料配合他们的学习风格加以归类：

①观看（Visual）：华文故事书、电视节目、动画、连续剧[偶像剧]（韩国、台湾、香港）、综艺节目、爱情小说、网上文字、时尚杂志、少年文摘、报章、科幻小说、喜剧片、鬼故事、运动讲解书、侦探小说（金田一）、网络小说、华文新闻、笑话书、尤今散文、自传、百科全书、历史小说、菠萝派（女性周刊）、跑道、星座书、成语手册、体育杂志、MTV、散文、小说等。

②口述（Oral）：华文故事书、电视节目、动画、连续剧［偶像剧］（韩国、台湾、香港）、综艺节目、爱情小说、网上文字、时尚杂志、少年文摘、报章、科幻小说、喜剧片、鬼故事、运动讲解书、侦探小说（金田一）、网络小说、华文新闻、笑话书、尤今散文、自传、百科全书、历史小说、菠萝派（女性周刊）、跑道、星座书、成语手册、体育杂志、MTV、散文、小说等。

③聆听（Auditory）：电视节目、动画、连续剧［偶像剧］（韩国、台湾、香港）、综艺节目、爱情小说、科幻小说、喜剧片、鬼故事、侦探小说（金田一）、网络小说、华文新闻、笑话书、自传、历史小说、MTV、散文、小说等。

④书写（Written）：华文故事书、电视节目、动画、连续剧［偶像剧］（韩国、台湾、香港）、综艺节目、爱情小说、网上文字、时尚杂志、少年文摘、报章、科幻小说、喜剧片、鬼故事、运动讲解书、侦探小说（金田一）、网络小说、华文新闻、笑话书、尤今散文、自传、百科全书、历史小说、菠萝派（女性周刊）、跑道、星座书、成语手册、体育杂志、MTV、散文、小说等。

⑤动作（Kinesthetic）：动画、连续剧［偶像剧］（韩国、台湾、香港）、综艺节目、爱情小说、科幻小说、喜剧片、鬼故事、运动讲解书、侦探小说（金田一）、华文新闻、笑话书、历史小说、体育杂志、MTV等。

⑥活动式（Activity-based）：动画、连续剧［偶像剧］（韩国、台湾、香港）、综艺节目、爱情小说、科幻小说、喜剧片、鬼故事、运动讲解书、侦探小说（金田一）、华文新闻、笑话书、历史小说、体育杂志、MTV 等。

学生之所以喜欢阅读的这些材料是因为他们大多认为这些材料内容精彩、独特、感人、生动、抒情、有趣、有意义、引人入胜、可以解压、比较贴近现实生活、可以使人放松心情、能增加知识、富娱乐性、可以认识潮流等。此外，这些材料的呈现方式能够配合学生的学习风格。有些学生通过"观看"来理解材料，有些通过"聆听"来理解材料，有些通过"书写"来理解材料，有些通过"口述"来理解材料，有些则通过"观看"和"动作"或通过"聆听"和"书写"来理解材料等等。因此，教师应该对学生的喜好和学习风格有所了解，在编制中学高年级的校本教材时，可参考上述由学生提供的材料，选用学生既喜欢又能配合他们学习风格的校本教材。

五 结语

新加坡小学华文新课程在二〇一〇年完全实施，而中学华文新课程在二〇一一年接轨。把校本单元纳入课程是新加坡教育部课程改革的新措施，其理念是重视和照顾学生的个别差异，给来自不同语言背景、具有不同语言能力的学生提供不同的选择。同时为教师提供发挥的空间，让教师能针对学生的需要，采用不同的教学策略，开展多元的教学活动，发挥学生的潜能，让学生体验成功。教育部建议，中学在进行校本单元时，可根据各自的情况，采用以下任何一种处理方式：（1）利用国家课程的教材，根据学生的学习需要进行合理的调整；（2）利用辅助性教材，如报章、课外读物等进行教学；（3）自行设计和开发教材，拓展学习内容。（《中学华文课程标准》，2011，29）在编写教材时，教育部的建议包括：（1）教材的编写应体现课程理念和课程目标，因此，教材的编排应循序渐进，完整连贯；（2）教材的内容应传达正确的价值观，既能符合学生的身心发展，配合学生的兴趣爱好，又能联系学生的生活经验，照顾学生的不同需求；（3）教材亦应结合资讯科技的使用，拓展学生的学习空间，让学生能够积极自主地学习。（《中学华文课程标准》，2011：27）

从我们所进行的调查显示，新加坡的中学生最为抗拒的阅读材料是课本。他们大多认为，课本的内容沉闷乏味、千篇一律，因此对课本感到索然无趣。新加坡的中学生对于电影、电视节目、YouTube、歌词、博客（Blog）、漫画、时尚杂志、少年文摘和小说等内容深感兴趣，认为这满足了他们的求知欲。中学华文新课程在二〇一一年实施，校本课程的推行会从小学延伸至中学。从阅读发展心理学的角度而言，中学生的阅读兴趣是直接推动他们去进行阅读的动力；从差异教学的角度而言，学生的学习风格则对他们的学习成效产生直接的影响。不同的学生通过适合自己的学习风格（Learning Style），例如：通过观看（Visual）、口述（Verbal, Oral）、聆听（Auditory）、书写（Written）、动作（Kinesthetic）、活动式（Activity-based）等对材料进行理解和吸收，以达到学习的效益。因此，教师在编制校本教材时，应从更宽广的层面去考量，了解并配合中学生的学习兴趣和学习风格，选用他们喜爱的材料，以编制适合中学生阅读的校本教材。如此，才能提高学生学习华文的兴致。

参考文献

中文书目

Carol Ann Tomlinson 著，刘颂译（2003）《多元能力课堂中的差异教学》，北京：中国轻工业出版社。

范印哲（1998）《教材设计与编写》，北京：高等教育出版社。

华文课程与教学法检讨委员会（2004）《华文课程与教学法检讨委员会报告书》，新加坡：教育部。

黄显华、朱嘉颖等（2005）《课程领导与校本课程发展》，北京：教育科学出版社。

课程规划与发展司（2007）《小学华文课程标准》，新加坡：教育部。

课程规划与发展司（2007）《中学华文课程标准》，新加坡：教育部。

林佩璇（2004）《学校本位课程——发展与评鉴》，台北：学富文化事业公司。

徐玉珍（2003）《校本课程开发的理论与案例》，北京：人民教育出版社。

闫国利（2004）《阅读发展心理学》，合肥：安徽教育出版社。

张添洲（2005）《学校本位课程实务》，台北：五南图书出版股份有限公司。

英文书目

Cook, V. (2001). *Second Language Learning and Language Teaching.* London: Arnold.

Cunningsworth, A. (1995). *Choosing Your Coursebook.* Oxford: Heinemann.

Karnes, F. and Kristen S. (2000). *The Ultimate Guide for Student Product Development & Evaluation.* Texas: Prufrock Press Inc.

Mitchell, R. (2004). *Second Language Learning Theories.* London: Arnold.

Riding, R. and Rayner, S. (1998). *Cognitive Styles and Learning Strategies: Understanding Style Differences in Learning and Behaviour.* London: David Fulton Publishers.

Roberts, J. and Inman, T. (2007). *Strategies for Differentiating Instruction: Best Practices for the Classroom.* Texas: Prufrock Press Inc.

Skilbeck, M. (1984). *School-based Curriculum Development.* London: Harper & Row.

Skilbeck, M. (1984). *Readings in School-based Curriculum Development.* London: Harper & Row.

Tomlinson, B. (ed.) (1998). *Materials Development in Language Teaching.* Cambridge: Cambridge University Press.

Tomlinson, B. (ed.) (2003). *Developing Materials for Language Teaching.* London: Continuum.

本文曾刊载于 George X. Zhang (ed.) (2009). *Applied Chinese Language Studies*, Vol. 2. London: The Cypress Book Co. UK Ltd, pp.71-78.

性格类型的差异教学与课堂的听说活动

摘要

本篇论文以性格类型的差异教学理论作为讨论点，探讨教师如何利用这个理论来了解学生的性格差异和设计配合学生性格差异的教学活动。这个理论主要是将学生的性格类型划分为四个象限，形成学习风格模式来进行教学。每一个象限皆有其各自的内涵，教师根据这些内涵来设计教学活动，以便满足学生的学习需要，提高学生的学习效益。论文中将展示如何利用这个理论模式设计课堂听说活动，以作为一个教学案例供教师参考。

关键词：性格类型　差异教学　性格差异　学习差异　听说活动

一　前言

为了对新加坡华文教学进行全面的检讨，新加坡教育部在二
〇〇四年成立了"华文课程与教学法检讨委员会"。该委员会针
对华文课程的教学目标、教学对象、课程内容、教学法、测试等
项目，提出了多项具体的建议。其中，建议采用差异教学法，以
不同的教学方式照顾学生的差异，从而激发学生的学习兴趣及调
动学习的积极性。(《华文课程与教学法检讨委员会报告书》，
2004：5、28)并且建议在小学阶段采用单元教学模式（Modular
Approach），为不同学习能力的学生制定不同的华文单元结构。
(《华文课程与教学法检讨委员会报告书》，2004：7-8，33-35)
这个建议落实在小学华文新课标中（2007年）。同时，委员会也
建议采用不同的策略，系统化地教导听和说的技能，目的是要培
养学生的实际交际能力，使学生能够有信心地、流利地与他人进
行口语交际。委员会认为，注重这方面的训练，将让学生有更多
使用华文的机会并对华文产生持久性的兴趣。(《小学华文课程标
准》，2007：9-10，41-42)小学华文新课程在二〇一〇年完全实
施，(《小学华文课程标准》，2007：1)而中学华文新课程将在二
〇一一年接轨。(《华文课程与教学法检讨委员会报告书》，2004：
36)因此，满足不同学生的学习需要的差异教学和培养学生的口
语交际能力是报告书最为重要的建议之一。本篇论文将以性格类
型的差异教学理论作为讨论点，探讨教师如何利用这个理论来了
解学生的性格差异和设计配合学生性格差异的听说教学活动。

二　差异教学的内涵与特质

差异教学是一种教学方法，它通过大量的学习选择去调节学生的学习差异。由于学生的背景知识、经验、弱点、学习偏好、认知水平和个人兴趣等影响著他们的学习差异，要完全调和同一个课堂中所有学生的个性特征几乎是不可能的。因此，通过差异教学进行一定的调节是必须也是必要的。（Skowron, Janice，2006：63；Skowron, Janice 著，陈超、郄海霞译，2009：67-68）差异教学的基本原理在于，教师的教学如果能够与学生的学习需要相配合，学生就会更积极地投入学习。基于学生的学习需要不同，教师的教学也因而需要有所差异。在差异教学的课堂上，教师根据学生的共同学习需要进行分组教学活动以达到学习的目的与效率。（Skowron, Janice, 2006：70；Skowron, Janice 著，陈超、郄海霞译，2009：75）

美国的教育学家 Carol Ann Tomlinson 对传统课堂（Traditional Classroom）和差异课堂（Differentiated Classroom）作了区分（Tomlinson, Carol Ann，2005：16；夏正江，2008：2-3）：

传统课堂	差异课堂
▪ 学生差异被遮蔽或只有出现问题时才受到注意。	▪ 学生差异作为制定教学计划的基础而被研究。
▪ 评估通常放在学习结束时进行，目的在于查明谁掌握了规定内容。	▪ 评估是诊断性的，伴随著教学过程的始终，目的在于调整教学，使之与学生的需要相适应。

传统课堂	差异课堂
▪ 相对狭窄的智力形式占支配地位。	▪ 明显聚焦于多重智力及其发展。
▪ 对优秀的定义是单一的。	▪ 优秀是根据个体相对于起点水平的成长与进步程度而定义的。
▪ 学生兴趣很少得到开发与利用。	▪ 学生经常做出以个人兴趣为基础的学习选择。
▪ 只有少数的学生的学习偏好受到重视。	▪ 提供大量丰富的学习偏好选择。
▪ 全班集体教学占统治地位。	▪ 采用多种教学组织形式。
▪ 依据教材和课程指南安排教学。	▪ 学生的准备水平、兴趣及学习偏好决定教学。
▪ 学习的重点在于掌握脱离背景的事实与技能。	▪ 学习的重点是运用关键技能去理解关键概念和原理的意义。
▪ 通常只布置单一类型的作业。	▪ 经常布置可供选择的多种类型的作业。
▪ 时间的使用相对来讲是固定的。	▪ 时间的使用经常根据学生的需要进行调整。
▪ 通常只使用单一的课本。	▪ 提供包括课本在内的多种教学教材。
▪ 寻求概念和事件的单一解说。	▪ 概念和事件的多元解说是常规的做法
▪ 教师直接指导学生的学习。	▪ 教师引导学生成为自立的学习者。
▪ 教师解决问题。	▪ 学生帮助同伴和教师解决问题。

传统课堂	差异课堂
▪ 教师提供适用于全班的评分标准。	▪ 师生一起制定适用于全班及个体的学习目标。
▪ 通常使用单一的形式评估学生的学习。	▪ 使用多形式评估学生的学习。

Tomlinson 还列出了差异课堂的关键原则（Tomlinson, Carol Ann，2005：48；夏正江，2008：3）：

▪ 教师清楚地了解教材中那些东西最重要。
▪ 教师理解并欣赏学生的差异，在此基础发展学生的差异。
▪ 评估与教学不可分割。
▪ 教师调整教学的内容、过程及产品，以便对学生的准备状态、兴趣及学习偏好做出反应。
▪ 所有的学生都有机会选择适合自己的学习内容与学习方式。
▪ 师生是学习过程中的合作伙伴。
▪ 差异课堂的目的是使每个学生都获得最佳的发展，取得属于自己的成功。
▪ 灵活性（如灵活分组、灵活支配时间等）是差异课堂的显著标志。

此外，Tomlinson 也对差异教学的特质作了阐述：（Tomlinson, Carol Ann，2001：3-7；Carol Ann Tomlinson 著，刘颂译，2003：6-10；夏正江，2008：3-4）

（1）差异教学是教师主动关注学生差异的教学。成功的差异教学，其典型特点是，教师提前主动设计多种学习内容、多种学习活动及多种学习成果，以适应学生广泛的学习差异；与此相反，传统教学为全班学生只设计一种规格的教学，当发现不适合某些学生时才被动地、临时地加以调整。

（2）差异教学重"质"胜于重"量"。许多教师误以为，差异教学即学习任务的多少因学生而异，例如，安排阅读能力好的学生读两本书，阅读能力差的学生读一本书。这种区别对待看似合理，但缺乏成效。简单改变学习任务的数量而不改变学习任务的质量，还是无法适应学生的学习需要。

（3）差异教学以评估为基础。通过评估了解学生，这是开展差异教学的前提基础。教师可通过与学生的直接交谈、观察学生课堂讨论时的表现、对学生的学习结果进行评估等方式逐渐增进对学生的了解。在这里，"评估"的含义发生了变化。评估不再只是表明学习活动的结束，也不再只是决定学生是否通过的凭证，而是贯穿整个学习过程，用来考察和确定学生学习需要的一种工具。

（4）差异教学提供学习内容（content）、过程（process）与成果（product）的多元选择。"内容"代表"输入"的东西，即学生将要学习的材料；"过程"代表学生怎样理解和掌握知识信息；"成果"代表"输出"，即学生怎样展示所学的东西。这三个要素在差异教学中具有举足轻重的作用。

（5）差异教学以学生为中心。只有当课堂学习与学生已有的知识经验紧密相关，并能引发学生的学习主动性与兴趣的时候，差异教学才能获得最佳的学习效果。在差异教学中，教师必须对"学生"与"学习"之间的匹配程度进行动态的监控，当教师觉察到它们之间不太匹配时，就必须对教学加以调整。

　　（6）差异教学是全班、小组与个别教学的组合。与"个别化教学"相比，差异教学更像在单个教室中的复式教学。在差异教学中，教师有时需面对全班学生进行教学（某些学习活动非常适合全班集体分享或参与），有时只对小组进行教学，有时甚至只辅导个别学生。灵活多样的教学组织形式，既可以使每名学生按照各自的起点与能力水平来进行学习，又可以培养学生的集体意识和增进个体间的相互理解。

　　（7）差异教学是教与学的有机结合。差异教学是一个动态的过程，教师监控学生与学习任务之间的匹配程度，并在必要时加以调整。因此，与传统的单一规格的教学相比，差异教学更能促进学生与学习之间的匹配程度。

　　根据学者的研究显示，有关差异教学的模式至少有七种。（Jane A. G. Kise, 2007：45；Jane A. G. Kise 著，王文秀译，2009：45）其中包括 Tomlinson (1999)，Gregory & Chapman (2002)，Heacox (2002)，Sprenger (2003)，Smutny & Fremd (2004)，McCarthy & McCarthy (2006) 和 Jane A. G. Kise (2007) 等教育专家所设置的理论和模式：

资料来源	差异教学的依据	核心概念	计划模型
Tomlinson (1999)	准备度 兴趣 学习层面	根据学生的准备度、兴趣、学习层面调整课程和教学的内容、过程和成果	区分内容（教学内容、过程、成果和学习环境） 区分教学方法（根据学生的准备度、

资料来源	差异教学的依据	核心概念	计划模型
			兴趣、学习层面制定教学策略） 区分原因（学生的学习成就、学习动机或学习效能）
Gregory & Chapman (2002)	学习风格（几种模式的选择） 多元智能 个体兴趣	对学生的准备状态、学习进度和掌握情况的评估 综合运用多种教学方法	营造安全的环境 承认并尊重差异评估教学方法 众多的课程组合
Heacox (2002)	能力，根据布卢姆的目标分类学 多元智能	自由小组组合 分层任务 有选择的范围	布卢姆目标分类学和多元智能的矩阵模型运用
Sprenger (2003)	感觉神经通路 布卢姆目标分类学	对分别以视觉记忆、听觉记忆，动觉记忆为主导记忆的学生实施不同的教学	运用布卢姆目标分类学各个层次的活动，分别根据各个感觉通路制定教学计划
Smutny & Fremd (2004)	能力 文化传统和文化优势 学习偏好 具体任务	考虑到： 儿童 内容 过程 结果	为每个学生制定目标，教学设计要满足他们的需要，肯定学生的成就，制定评估计划
McCarthy & McCarthy (2006)	学习风格	设计推动学生逐步完成 4MAT 循	八步骤课程： 联系、注意、联

资料来源	差异教学的依据	核心概念	计划模型
		环模式的每一环节的课程	想、熟悉、练习、延伸、完善、实行
Kise (2007)	把性格类型倾向当成各种学习风格、学习兴趣和多元文化因素、班级管理、学习习惯、思考方式和严谨性的组织理论	学生在能量的获得、信息的收集、决策的制定和生活方式上天生有一种心理倾向	根据四种学习风格制定计划：外倾感觉型、内倾感觉型、外倾直觉型、内倾直觉型

三　性格类型差异教学的特征

　　Kise 认为，性格类型理论（Personality Types）在过去八十多年里被广泛地运用在团队建设、职业培训和其他领域，它对教育的意义也逐渐显现出来。正因为人与人之间存在性格类型差异，性格类型理论能够帮助教师了解并满足学生的需要。（Jane A. G. Kise, 2007：6-7；Jane A. G. Kise 著，王文秀译，2009：4）Kise 列出了学生的性格类型的倾向和行为线索：（1）外倾型和内倾型——学生如何获得学习的能量；（2）感觉型和直觉型——学生首先注意到的是哪些信息。（Jane A. G. Kise, 2007：25；Jane A. G. Kise 著，王文秀译，2009：25）

外倾型和内倾型——学生如何获得学习的能量	
外倾型（Extraversion）	**内倾型（Introversion）**
• 比起内倾型学生，可能说话更大声，也更好动	• 在班级讨论中的反应可能比较迟缓，除非提前知道讨论的主题
• 在举起手和被叫起来发言之间，可能就会忘记答案——他们必须通过说话来思考	• 比起讨论，可能更喜欢阅读和写作
• 如果条件允许，通过与其他同学小声讨论或者小组合作，他们的表现会更好	• 可能更喜欢单独做作业或者自主选择合作伙伴
• 课余时间可能更喜欢阅读	• 即使在一对一的谈话中，也可能要稍微停顿一下才能做出一定的反应
• 他们可能想到什么就说什么——回答、感受、想法等	• 除非被问到，否则他们总是把自己的回答、想法和感受埋在心底
• 可能更喜欢先尝试再看书	• 可能更喜欢先看书，再进行尝试
• 不会受到事情中断的干扰	• 会因事情的中断而恼怒
感觉型和直觉型——学生首先注意到的是哪些信息	
感觉型（Sensing）	**直觉型（Intuition）**
• 可能在你进行指导的时候突然打断，问一些你稍后会主动告诉他们的事情	• 可能都不看指导语，在你还没进行完口头指导时，他们可能就开始著手进行了
• 对于研究计划，很难给出一些想法	• 可能会提出一些对他们而言过于复杂、无法实施的研究想法
• 可能会要求老师多举几个例子，	• 可能因粗心大意而犯错

讨厌目标不明确	
• 比起单纯的课本学习，他们似乎从实践中能学到更多东西	• 可能会问他们是否可以自己选择要做的作业
• 可能会问："真是那样的吗？"	• 可能喜欢"不现实的"、虚构的话题

在这些倾向和行为线索的基础上，Kise 将四个象限组合成四种学习风格：（1）内倾和感觉；（2）内倾和直觉；（3）外倾和感觉；（4）外倾和直觉。她认为，运用这四种类型进行差异教学有助于确保所有学生都能获得学习的能量和所有学生都能掌握必要的学习信息。这四个象限模式给教学奠定了一个易处理的、较有效的起点。（Jane A. G. Kise, 2007：42-44；Jane A. G. Kise 著，王文秀译，2009：43-44）

内倾和感觉型 （Introversion and Sensing）	内倾和直觉型 （Introversion and Intuition）
让我知道要做什么	让我自己决定要做什么
• 制定明确的期望和目标	• 让我钻研我感兴趣的事物
• 举些例子给我看	• 不要给我布置背诵和程序性的作业
• 规定写作的步骤	• 让我自己探索应该怎么做
• 回答我的问题	• 给我几个选择
• 给我思考的时间	• 听听我的想法
• 让我学习并记忆事实性的知识	• 让我一个人独自学习
• 不要有太多意外	• 让我从自己的想象开始学

• 建立在我知道的内容的基础之上	• 帮我把我想象的事情变成现实
• 如果我做对了，请告诉我	• 不要束缚我的创造性和好奇心
• 将学习内容同以前所学的知识和经验联系起来	• 给我提供些参考资料，让我自己构建自己的知识基础
外倾和感觉型 （Extroversion and Sensing）	**外倾和直觉型** （Extroversion and Intuition）
让我做些事情	**让我当学习的主导者**
• 从实践活动开始	• 从宏观开始，而非细节
• 帮我制定步骤	• 让我可以无拘无束地自由想象
• 建立在我已经掌握的知识的基础上	• 让我找个新的解决办法
• 告诉我要学那些内容的原因	• 让我去尝试
• 给我机会说话、活动，进行小组合作	• 给我几个选择
• 确定一个实际些的截止日期	• 做事情不要一成不变
• 给我举例子	• 让我把所学知识教给其他人
• 期望要明确	• 让我负责一些事情
• 不要太强调理论	• 让我在小组里发言或学习
• 让我可以立刻练习	• 让我提出自己的观点

（资料来源：Kise 采用自 Gordon D. Lawrence. (1993). *People types and tiger stripes.* Florida: Center for Applications of Psychological Type, Inc. pp.54-55.）

Kise 提供了一个教学计划表，让教师清楚了解四种学习风格的教学活动的基本内容。教师可以根据这个支架和结构，开展课堂活动，进行差异教学。（Jane A. G. Kise, 2007：48；Jane A. G. Kise 著，王文秀译，2009：49）

内倾和感觉型 （Introversion and Sensing）	内倾和直觉型 （Introversion and Intuition）
激发性活动	**激发性活动**
• 实验	• 阅读
• 演示示范	• 研究
• 阅读和思考	• 有想象空间或开放式的书面作业
• 时间限制	• 学生自定进度辅导课业
• 实际操作	• 需要动脑筋的难题
• 循序渐进的学习	• 独立学习
• 电脑辅助学习	• 独立完成的专题作业
• 面对面的教学	
• 明确的书面作业	
激发性言辞：阅读、确定、例出、分类、命名、注意、观察、运用、分析、用图表示、分析、操作、准备、做、组织、完成、回答、倾听	激发性言辞：阅读、思考、判断、设计、评价、澄清、推测、梦想、想象、解释、想办法、创造、详细描述、解释说明、写下、反思、考虑、联系、比较、对照、组成
外倾和感觉型 （Extroversion and Sensing）	外倾和直觉型 （Extroversion and Intuition）
激发性活动	**激发性活动**
• 看录像	• 问题解答
• 小组专题作业	• 即兴创作、戏剧、角色扮演

• 辩论	• 讨论和辩论
• 游戏	• 试验
• 幽默故事	• 小组专题作业
• 歌曲	• 概念型的作业
• 体能活动	• 实地考察
• 课堂汇报	• 自学
• 实践操作	• 开发模型
激发性言辞：加强、表现、收集、区分、发现、制作、执行、证明、断定、触摸、设计、建议、决定、选择、绘制、分析、探索、讨论	激发性言辞：创造、发现、扮演、设计、开发、讨论、合作、发现新的……、形成、想象、评价、综合、习题解答、试验、发明、推测

同时，Kise 提醒，如果学生的需要无法得到满足，课堂的学习将会出现情况。因此，教师必须了解不同学习风格的学生是如何学习的，他们不能忍受什么，如果他们的需要没有得到满足，他们会怎么做。（Jane A. G. Kise, 2007：56；Jane A. G. Kise 著，王文秀译，2009：57）

内倾和感觉型 （Introversion and Sensing）	内倾和直觉型 （Introversion and Intuition）
喜欢有条理、有把握的、可预测的学习	喜欢有趣的、有新意的、有深度的主题
• 条理清楚的指导和例子	• 独立学习
• 要求细节和准确性	• 充满想象的、创造性的
• 有思考的时间	• 反思和思考的时间

经常抱怨的问题：任务目标或过程的模糊不清	经常抱怨的问题：没有选择的余地或发挥的空间；只有一个正确答案的习题
当学校教育不能满足他们的需求时： 他们会退缩到自己的世界里，对学习没有兴趣，因为他们没有信心能够学好或者他们会觉得自己很笨。	当学校教育不能满足他们的需求时： 他们可能 • 自己做自己的，不根据指导进行 • 有一两个作业做得非常好，而其他的则做得乱七八糟 • 草率地完成机械性的作业，或者干脆不做，被人贴上"不足以成为潜在的……"的标签
外倾和感觉型 （Extroversion and Sensing）	**外倾和直觉型** （Extroversion and Intuition）
喜欢实践性的、有现实意义的、实用性的学习	喜欢不断变化的活动，喜欢管理事务
• 向别人大声地表达自己的想法 • 同具体的事情打交道	• 小组合作，解决问题 • 注重宏观上的成就，而非细节上的成功
• 明确的完成步骤和目标	• 找出做事情的新方法
经常抱怨的问题：缺乏动手机会，总是静静地坐著听或做课堂作业	经常抱怨的问题：静静地坐著，要按照别人说的去做
当学校教育不能满足他们的需求时： 不做作业，无聊的行为或抱怨，如"我们为什么要学这个？"	当学校教育不能满足他们的需求时： 叛逆，可能还会带领其他学生也不做作业

四 性格类型差异教学的课堂听说活动示例

（1）儿童诗（对象：小学生）

内倾和感觉型 （Introversion and Sensing）	内倾和直觉型 （Introversion and Intuition）
个人作业： • 聆听一首儿童诗。 • 按照同样的规则创作一首儿童诗。 • 在课堂上朗诵并说明自己创作的儿童诗的内容。	个人作业： • 聆听一首儿童诗。 • 构思一首新的儿童诗。 • 在课堂上朗诵并讲解自己创作的新儿童诗的内容。
外倾和感觉型 （Extroversion and Sensing）	外倾和直觉型 （Extroversion and Intuition）
小组活动： • 聆听一首儿童诗。 • 讨论如何朗诵、表演这首儿童诗。 • 在课堂上朗诵、表演这首儿童诗。	小组活动： • 聆听一首儿童诗。 • 合创一首新的儿童诗。 • 在课堂上表演合创的新儿童诗。

（2）口头汇报（对象：小学生）

内倾和感觉型 （Introversion and Sensing）	内倾和直觉型 （Introversion and Intuition）
• 聆听一段报导，内容有关某位著	• 聆听一段报导，内容有关某位著

名人物的事迹。 • 在课堂上进行口头报告。 • 然后在课堂上讲述这位著名人物的嗜好、想法等。	名人物的事迹。 • 模拟通过电脑视频和这位著名人物进行面对面交谈，诉说你对他所做的某些事情的看法。
外倾和感觉型 （Extroversion and Sensing）	**外倾和直觉型** （Extroversion and Intuition）
• 聆听一段报导，内容有关某位著名人物的事迹。 • 画出有关这位著名人物的模样。 • 利用这幅画向全班讲解这名人物的外貌特征。	• 聆听一段报导，内容有关某位著名人物的事迹。 • 打扮成这位著名人物的样貌。 • 让全班把你当成这位著名人物进行访问。

（3）诗歌赏析（对象：中学生）

内倾和感觉型 （Introversion and Sensing）	**内倾和直觉型** （Introversion and Intuition）
个人作业： • 聆听一首诗歌。 • 分析这首诗歌。 • 按照同样的规则创作一首诗歌。 • 在课堂上朗诵并说明自己创作的诗歌的内容。	个人作业： • 聆听一首诗歌。 • 评估这首诗歌。 • 构思一首新的诗歌。 • 在课堂上朗诵并讲解自己创作的新诗歌的内容。
外倾和感觉型 （Extroversion and Sensing）	**外倾和直觉型** （Extroversion and Intuition）
小组活动： • 聆听一首诗歌。	小组活动： • 聆听一首诗歌。

• 分析这首诗歌。	• 讨论这首诗歌。
• 讨论如何朗诵、表演这首诗歌。	• 合创一首新的诗歌。
• 在课堂上朗诵、表演这首诗歌。	• 在课堂上表演合创的新诗歌。

（4）口头报告（对象：中学生）

内倾和感觉型 （Introversion and Sensing）	内倾和直觉型 （Introversion and Intuition）
• 聆听一则故事。 • 说出故事发生的背景、时间和地点。 • 简略述说故事的情节。 • 描述男女主角的外貌特点和性格特点。 • 按照时间排序，讲述故事中主要事件。 • 评论：你喜欢故事的哪些方面；你不喜欢故事的哪些方面；哪些方面你不明白你会给作者怎样的评价；你认为全班同学应该从这则故事中学到什么。	• 聆听一则故事。 • 描述故事结束后可能发生的事情。 • 讲述男女主角接下来可能的际遇。 • 模拟通过电脑视频和男女主角进行面对面交谈，发表你对他/她的行为做法有何批评或建议。
外倾和感觉型 （Extroversion and Sensing）	外倾和直觉型 （Extroversion and Intuition）
• 聆听一则故事。 • 给故事中的男女主角画一张肖像。	• 聆听一则故事。 • 说出故事的主旨在哪些方面对你的实际生活最有意义。

· 利用所画的肖像向全班说明男女主角的外貌特征和性格特点。 · 详细说明故事情节的发展经过。 · 画出故事所描述的主要场景。 · 向全班讲解这个场景对故事的情节、人物的发展所起的重要作用。	· 和同学共同表演男女主角在故事结束后可能的际遇。 · 把自己想象成是故事中男主角或女主角，让同学对你进行采访。 · 在采访中，你为男女主角的行为做法进行辩护。

五　结语

　　差异教学是目前教育界最为热门、且广为探讨的教学课题之一。在这个二十一世纪里，学生的学习差异越来越不容忽视。不同的学生有著不同的学习需要，要如何照顾到学生的需要、并且满足学生的需求，是教师最为挑战的教学工作之一。新加坡教育部在中、小学华文新课程中建议采用差异教学法，建议在小学阶段采用单元教学模式（Modular Approach）照顾学生的差异，目的在于激发学生的学习兴趣及调动学习的积极性。同时，建议采用不同的策略，教导听和说的技能，以培养学生的实际交际能力，使学生能够有信心地、流利地与他人进行口语交际。注重这方面的训练，将让学生有更多使用华文的机会并对华文产生持久性的兴趣。学者的研究显示，有关差异教学的模式至少有七种。本篇论文以性格类型的差异教学理论作为讨论点，（Jane A. G. Kise, 2007）探讨教师如何利用这个理论来了解学生的性格差异和设计配合学生性格差异的听说教学活动。这个理论主要是将学生的性格类型划分为四个象限，形成学习风格模式来进行教学。四个象限为：外倾和感觉、外倾和直觉、内倾和感觉、内倾和直觉。每一个象限皆有其各自的内涵，教师根据这些内涵来设计教学活动，以便满足学生的学习需要，提高学生的学习效益。

六　附录

学生类型核对表（Jane A. G. Kise, 2007：174；Jane A. G. Kise 著，王文秀译，2009：187）

外倾或内倾	
你从哪里获得能量？ 外倾型： 你的能量来自于与他人在一起，或来自于活动。 □把想法说出来（讨论！） □喜欢在小组中完成作业 □喜欢喧闹声 □更喜欢发言 □同时做很多事情 □想到什么就说什么	内倾型： 你的能量来自于独处的时间，或是一些深入的活动。 □在心里面想（安静！） □喜欢独自学习或与好朋友一起 □讨厌喧闹声 □更喜欢看或写 □一次只做一件事 □把想法埋藏在心里
记住：外倾型的人也要一些独处的时间。内倾型的人也需要同他人在一起的时间。问题在于时间的长短是多少？ 把最符合你的倾向圈出来： E（外倾型）　　　　　　　I（内倾型）　　　　　　　U（不确定）	

感觉或直觉	
你从哪里获取信息？ 感觉型： 通过五官收集信息，感知事物的当前状态。 □喜欢事实和具体的事物 □经验第一 □看见树木——细节 □想要有明确的期望 □渐进式地学习 □实用的常识	直觉型： 通过直觉、联想和类推，感知事物的可能情况。 □喜欢观点和想象 □解释第一 □看见森林——整体观点 □希望有发挥的空间 □随机学习 □新的见解
记住：感觉型的人以事实为基础形成自己的观点。直觉型的人从整体观点入手，再寻找事实依据。 把最符合你的倾向圈出来： S（感觉型）　　　　　　　N（直觉型）　　　　　　　U（不确定）	

参考文献

中文书目

Carol Ann Tomlinson 著，刘颂译（2003）《多元能力课堂中的差异教学》，北京：中国轻工业出版社。

Diane Heacox 著，杨希洁译（2004）《差异教学：帮助每个学生获得成功》，北京：中国轻工业出版社。

Diane L. Ferguson 著，工玲玲译（2009）《个性化学习设计指南》，上海：华东师范大学出版社。

Jane A. G. Kise 著，王文秀译（2009）《不同的人格：不同的教学》，北京：中国轻工业出版社。

课程规划与发展署（2002）《中学华文课程标准》，新加坡：教育部。

课程规划与发展司（2007）《小学华文课程标准》，新加坡：教育部。

华国栋（2007）《差异教学论》，北京：教育科学出版社。

华文课程与教学法检讨委员会（2004）《华文课程与教学法检讨委员会报告书》，新加坡：教育部。

Skowron, Janice 著，陈超、郄海霞译（2009）《教师备课指南：有效教学设计》，北京：中国轻工业出版社。

夏正江（2008）《一个模子不适合所有的学生：差异教学的原理与实践》，上海：华东师范大学出版社。

曾继耘（2006）《差异发展教学研究》，北京：首都师范大学出版社。

英文书目

Gordon, D. Lawrence (1993). *People Types and Tiger Stripes.* Florida: Center for Applications of Psychological Type, Inc.

Gregory, G. & Chapman, C. (2002). *Differentiated Instructional Strategies: One Size Doesn't Fit All.* California: Corwin Press.

Heacox, Diane (2002). *Differentiating Instruction in the Regular Classroom: How to Reach and Teach All Learners, grades 3-12.* Minneapolis: Free Spirit Publishing.

Kise, Jane A. G. (2007). *Differentiation through Personality Types: A Framework for Instruction, Assessment, and Classroom Management*. California: Corwin Press.

McCarthy, B. & McCarthy, D. (2006). *Teaching around the 4MAT Cycle: Designing Instruction for Diverse Learners with Diverse Learning Styles*. California: Corwin Press.

Skowron, Janice (2006). *Powerful Lesson Planning: Every Teacher's Guide to Effective Instruction*. California: Corwin Press.

Smutny, J. F. & Fremd, S. E. (2004). *Differentiating for the Young Child: Teaching Strategies across the Content Areas (K-3)*. California: Corwin Press.

Sprenger, M. (2003). *Differentiation through Learning Styles and Memory*. California: Corwin Press.

Tomlinson, Carol A. (1999). *The Differentiated Classroom: Responding to the Needs of All Learners*. Alexandria: Association for Supervision and Curriculum Development.

Tomlinson, Carol A. (2005, Special Edition). *The Differentiated Classroom: Responding to the Needs of All Learners*. New Jersey: Pearson Education.

Tomlinson, Carol A. (2005). *How to Differentiate Instruction in Mixed-Ability Classrooms*. New Jersey: Pearson Education.

本文曾发表于《华文学刊》2010年第1期，页13-26。

汉语作为第二语言的阅读理解测试
的新加坡模式

摘要

　　本论文将以新加坡汉语阅读理解教学为基础，探讨汉语作为第二语言的阅读理解测试模式。本论文分为五节：第一节从新加坡现行汉语阅读理解测试入手，综述新加坡中小学汉语阅读理解测试的题型特色；第二节论述国际通用的"汉语水平考试"（HSK）、"华语文能力测验"（TOP）的设题结构和特点；第三节从阅读理解的四个层次，阐述学生在高层次的评价性和创造性阅读理解中所应具备的产出性能力和技巧；第四节从阅读理解的测试题型结构，分析不同类型的理解试题对学生阅读能力和产出性能力的不同要求；第五节从阅读理解和表达两方面，构建适合新加坡国情的汉语作为第二语言的阅读理解测试模式。

关键词：汉语作为第二语言　阅读理解　理解能力　产出性能力

一　前言

　　新加坡教育部华族小一新生家庭常用语的统计数字（Ministry of Education, Singapore，2004）显示，在家讲汉语的华族小一学生，自一九八〇年的25.9%增至一九九〇年的67.9%之后，便逐年减少，二〇〇〇年为45.4%，二〇〇四年降为43.6%。而在家讲英语的华族小一新生人数则不断攀升，从一九八〇年的9.3%增至一九九〇年的26.3%，到了二〇〇〇年为40.3%，二〇〇四年更升到47.3%，首次超越汉语而处于主导的地位。从这个趋势来看，在十年至二十年内，英语将成为新加坡华族最主要的语言，而汉语则将变成通过课堂学习的第二语言。然而，这个已成事实的趋势和现象并没有在我们的考试中反映出来。由于新加坡现行的汉语阅读理解测试并非针对汉语作为第二语言的学习者而设置，学习者无法有效使用汉语表达对篇章的理解，以致他们的考试成绩欠佳，进而不喜欢学习汉语。（华文课程与教学法检讨委员会，2004：6-7）为了解决这个问题，本文将提出适合新加坡国情的汉语作为第二语言的阅读理解测试模式，让汉语作为第二语言的学习者（以英语为家庭用语的学生）不会抗拒学习汉语。

二　新加坡现行汉语阅读理解测试的题型特色

　　为了配合在二〇〇七年推行的小学新课程和新教材的实施，新加坡教育部在二〇〇八年六月发布了小学离校考试新的考试纲要和试题样本，并从二〇一〇年开始采用。与现行的试题进行对比，这个新的试卷也包含了阅读理解部分。在现行的试卷中，考生必须完成阅读理解（一）和阅读理解（二）。其中阅读理解（一）包含二至三篇文章，考查方式为多项选择；阅读理解（二）也包含二至三篇文章，考查方式为自由作答。而在新的考卷中，考生必须完成阅读理解（一）和阅读理解（二）。其中阅读理解（一）包含二篇文章，考查方式为多项选择；阅读理解（二）也包含二篇文章，考查方式为自由作答。因此，现行的试卷和新的试卷在阅读理解方面所要考查的形式并没有不同。

由于新的试卷是配合小学新课程而设计的考试方式，我们将以它作为讨论点，了解其阅读理解测试的题型特色。阅读理解（一）有两篇短文，每篇约三百字，第一篇是通告、广告、说明、节目表等一类的实用文，第二篇是报章新闻。考查方式全用多项选择，其中，第一篇四题，第二篇三题，共七题。主要是考查考生对短文中主要信息和具体信息的理解。考生在阅读完短文和题目后，从题目所提供的四个选项中选择正确的答案，并把代表正确答案的数字填入答卷。阅读理解（二）有两篇文章，第一篇约三百字，第二篇约四百字，体裁皆属于记叙文。考查方式全用自由作答，其中，第一篇六题（一题词语，一题填写表格，四题阐述内容或看法），第二篇七题（两题词语，五题阐述内容或看法），共十三题，主要是考查考生较高层级思维能力的理解运用。考生在阅读完文章和题目后，根据题目的要求把答案书写在答卷上。

在中学的会考试题方面，以二〇〇九年的年终考题为例，了解其阅读理解测试的题型特色。在现行的试卷中，考生必须完成阅读理解（一）和阅读理解（二）。阅读理解（一）有三篇文

章，体裁全属于记叙文，第一篇约五百字，第二篇约四百字，第
三篇约二百字。考查方式全用多项选择，其中，第一篇五题，第
二篇二题，第三篇三题，共十题，主要是考查考生对短文中主要
信息和具体信息的理解。考生在阅读完文章和题目后，从题目所
提供的四个选项中选择正确的答案，并把代表正确答案的数字填
入作答卷即可。阅读理解（二）有两篇文章，第一篇约五百字，
第二篇约六百字，体裁皆属于论说文。考查方式全用自由作答，
其中，第一篇五题，第二篇五题，共十题，主要是考查考生较高
层级思维能力的理解运用（阐述内容和表达看法）。考生在阅读
完文章和题目后，根据题目的要求把答案书写在作答卷上。

从所得的试题样本和考卷来看，新加坡现行中小学的汉语阅
读理解测试的文章全用汉语，题型包含多项选择（客观式）和自
由作答（主观式）两大类，其试题和答案选项也全用汉语设置，
考生在回答自由作答题时，必须用汉语进行书写。这是典型的单
语考查方式。

三　国际通用的汉语阅读理解测试的设题结构和特点

为了进一步了解国际通用的汉语阅读理解测试的设题结构和
特点，我们以"汉语水平考试"（HSK）和"华语文能力测验"
（TOP）来进行讨论。中国汉语水平考试（HSK）是为测试母语
非汉语者（包括外国人、华侨和中国少数民族考生）的汉语水平
而设立的国家级标准化考试。这个考试是由北京语言大学汉语水
平考试中心设计研制，包括中国汉语水平考试（HSK［初级］）、
中国汉语水平考试（HSK［中级］）和中国汉语水平考试（HSK

［高级］）。中国汉语水平考试（HSK）每年定期在中国国内和海外举办，凡考试成绩达到规定标准者，可获得相应等级的《汉语水平证书》。

根据北京语言大学出版的《中国汉语水平考试（HSK）改进版样卷》（北京语言大学汉语水平考试中心，2007）所提供的模拟试题，初级试卷的阅读理解共分两个部分，第一部分为选择正确答案完成句子，第二部分为短文阅读。选择正确答案完成句子部分共有四十道问题，每题由一至三个句子组成，每一题都有一个空儿，要求应试者在 A、B、C、D 四个答案中选择唯一正确的答案。这一部分是对应试者的基本阅读能力的考查，包括词语的搭配、对语境的理解、对虚词的运用、对语序的掌握等方面。这些方面是阅读汉语书面材料的基础。短文阅读部分的试题共有三十道，每段材料后都有若干个问题，每个问题都有 A、B、C、D四个备选答案，要求应试者根据材料的内容选出唯一正确的答案。这部分试题中，前十题是实用阅读，后二十题是一般阅读。实用阅读所选用的阅读材料都是日常生活、学习和工作中会遇到的应用型的书面材料，比如广告、产品说明书等。实用阅读部分旨在考查应试者在实际生活、学习和工作中能否准确地查找和理解书面材料中的主要信息。一般阅读所选用的阅读材料十分广泛，包括日常生活、科普、新闻、传记等各个方面，短文字数从一百字至四百字不等。这一部分主要考查应试者对普通的比较简单的书面材料的阅读理解能力。（北京语言大学汉语水平考试中心，2007：13）中级试卷的阅读理解共分四个部分，第一部分为挑出句子中有错误的地方，第二部分为综合填空，第三部分为读后概述填空，第四部分为读后选择答案。挑错部分一共有二十个句子，每个句子中都有一个地方有错误，要求应试者从 A、B、C、D 四个划线部分中找出唯一错误的部分。这部分主要是对应试者基础汉语语法知识（如虚词的运用、语序及词语搭配）及基本表达方式掌握程度的考查。综合填空部分一共有两段阅读材料，二十道题，短文字数从四百字至五百五十字不等。每段阅读材料中都有十个空儿，每个空儿都给出了 A、B、C、D 四个备选答案，要求应试者根据所阅读的材料的内容选出唯一正确的答案。这部分试题，主要考查应试者综合理解阅读材料并依据上下文综合运用汉语的能力。读后概述填空部分一共有三篇阅读材料，十五道题，短文字数从六百字至八百字不等。每篇材料后面都有一段概括或重述该篇阅读材料内容的简短的文字，这段文字中有五个空儿，每个空儿后面都有四个备选答案，要求应试者根据自己对所阅读的材料的理解，选择唯一正确的答案填空。这部分试题，主要考查应试者理解文章的主旨大意及全面概括文章内容的能力。读后选择答案部分一共有三篇阅读材料，十五道题，短文字数从六百字至八百字不等。每篇阅读材料后面都有五个问题，每个问题都有 A、B、C、D 四个备选答案，要求应试者根据对阅读材料的理解，选择唯一正确的答案。这一部分主要考查应试者是否理解文章主旨大意，是否全面了解文章内容及主要信息，是否能够跨越词汇等障碍，是否能够领会作者的态度和情绪以及是否能够根据文章内容或观点进行引申或推断等。（北京语言大学汉语水平考试中心，2007：16）高级试卷的阅读理解分为四个部分，第一部分为挑错句，第二部分为排句序，第三部分为短文阅读，第四部分为快速阅读。挑错句部分有二十道题，每道题的四个选项有二至三个句子组成，其中只有一个句子的部分表述有错误，要求应试者挑出这个句子。作为阅读汉语书面材料的基础，这一部分考查应试者词汇和语法的基本功，重点在于考查应试者在语段层面上的语感和在一定语境下运用连接词语等各种连接手段把握汉语句间关系和语段结构的情况。排句序部分有二十道题，要求应试者将每题给出的 A、B、C、D 四个语句按正确的顺序组成一段话。作为阅读汉语书面材料的基础，这一部分主要考查应试者语段层面的语感和在一定的语境中运用语序手段把握各种句间关系和语段结构的情况。短文阅读部分有八篇短文，四十道题，短文字数从八百字至一千字不等，每篇设五道题，每个问题都有 A、B、C、D 四个备选答案，要求应试者根据短文内容从中选择唯一正确的答案。这一部分主要考查应试者对结构较复杂的汉语书面材料特别是议论文的阅读理解能力。快速阅读部分有十篇短文，十道题，短文字数从六百五十字至一千三百字不等。应试者将看到十组阅读材料，每组材料前只有一个问题，每个问题都给出了 A、B、C、D 四个备选答案，要求应试者首先看清题目，然后从阅读材料中快速翻查，找到唯一正确的答案。快速阅读选用的都是人们一般在工作、学习和生活中经常遇到的应用型的书面材料，比如新闻报道、广告、产品说明书等，主要考查应试者在实际工作、学习和生活中快速查找有用的信息、快速把握材料的主旨或主要内容的能力。（北京语言大学汉语水平考试中心，2007：20-21）

华语文能力测验（TOP）是由台湾有关的教育单位于二〇〇五年成立的华语测验中心研发的。这个中心在二〇〇七年更名为华语测验推动工作委员会（简称华测会，Steering Committee for the Test of Proficiency-Huayu, SC-TOP），成为研发和推广华语文能力测验的负责单位，旨在研发及推广台湾对外华语文相关测验，以因应世界各地汉语学习的热潮。华语文能力测验的对象为母语非华语的人士，这个测验共分为基础、初等、中等和高等四个等级。通过华语文能力测验等级标准者将获得证书。

根据华测会网站所提供的华语文能力测验模拟试题，初等阅读测验共有两个部分，第一部分是对单句的理解，第二部分是对材料的理解。单句的理解共有十道题，考生必须理解句子或句子中画线部分的语意。材料的理解共有二十道题，材料的选用包括广告、海报、表格、便条、时间表、记事本、一封信等。初等阅读测验的考查方式全用多项选择。中等阅读测验共有三个部分，第一部分是对单句的理解，第二部分是对材料的理解，第三部分是对短文的理解。单句的理解共有十道题，考生必须理解句子或句子中画线部分的语意。材料的理解共有十道题，材料的选用包括观光护照、商品说明、招聘广告、抽奖券、房价表等。短文的理解共有十一篇短文，二十道题，短文字数从八十字至一百五十字不等，每篇的设题为一题至三题，主要是考查考生对短文中主要信息和具体信息的理解。中等阅读测验的考查方式全用多项选择。高等阅读测验共有两个部分，第一部分是对单句的理解，第二部分是对短文的理解。单句的理解共有十道题，考生必须理解句子或句子中画线部分的语意。短文的理解共有十五篇短文，三十道题，短文字数从一百五十字至三百字不等，每篇的设题为一题至三题，主要是考查考生对短文中主要信息和具体信息的理解。高等阅读测验的考查方式全用多项选择。

从所得的模拟试题来看，中国汉语水平考试（HSK）和华语文能力测验（TOP）的汉语阅读理解测试的文章全用汉语，题型以多项选择（客观式）为主，只有 HSK 高级试卷中阅读理解部分的排句序项目，要求应试者将每题给出的 A、B、C、D 四个语句按正确的顺序组成一段话。HSK 和 TOP 的所有试题都用汉语设置，答案选项也全用汉语。这是典型的单语考查方式。

四　学生在高层次的阅读理解中所应具备的产出性能力和技巧

对于阅读理解能力的表现，专家学者一般认为集中表现在四个层次，即字面性理解、阐释性或推论性理解、评价性或评论性理解和创造性理解。（Smith & Robinson, 1980: 216-226；Stoodt, 1981: 194-204；Roe, Stoodt & Burns, 1991: 4-5, 83-90）（一）字面性理解：指理解书面话语中明显陈述的意思。读者所注意的，是作者在话语里说了些什么，这包括理解主要内容与细节。读者可从话语内摘录字句来作为答案。问题内容如下：辨认并复述主要内容；辨认并复述内容细节；辨认并复述事件层次或事理层次。（二）阐释性或推论性理解：指理解不明显陈述在话语里的意思或信息。它包括：领会隐含的意思；比较或对比；看出因果关系；推测可能发生的；理解用了比喻、夸张等修辞格的言语，等等。（三）评价性或评论性理解：指在字面性理解和推论性理解的基础上，读者对读物内容的素质、价值、信度等作出判断。读者必须了解作者的目的、观点和语言运用。这种技巧可分为两大类：一类是分析和评论说明性的读物，它涉及语义学和逻辑；一类是分析和评论文学性的读物，它涉及文体、主题、角色、情节、背景的文学语言，等等。（四）创造性理解：指在理解读物内容的基础上，产生新的想法。其活动涉及想像和创意性思考。
（梁荣源，1992：123-124）

　　字面性理解属于较低层次的阅读理解，这是因为读者可以从
篇章中直接摘录字句作为答案，来表现他对篇章内容中明显陈述
信息的理解。阐释性或推论性理解属于较高层次的阅读理解，这
是因为读者除了字面意思外，还必须理解隐含在文字间的弦外之
音。评价性或评论性理解、创造性理解则属于高层次的阅读理
解，主要是因为在评价性或评论性理解方面，所要求的答案并没
有绝对的对错之分，读者在进行评价或评论时，必须用自己的语
言来表达自己的意见和看法，所提供的理由必须合情合理。而创
造性理解方面，答案也没有绝对性，读者必须凭借自己的生活经
验、阅读深广和逻辑思维，用自己的语言来进行创造。因此，评
价性或评论性理解、创造性理解对读者的能力要求最高，在语言
表达方面也最难。

五　不同类型的理解试题对学生阅读能力和产出性能力的不同要求

　　梁荣源、苏启祯（1993）指出，以英语为家庭用语的学生在
阅读理解汉语篇章时，先阅读内容相同的英文篇章有助于引发学
生的潜存知识（Prior Knowledge）。学生借助于较强的英语，对他
们所阅读理解的汉语篇章，有相当大的帮助。而这种预先导读的
方式对各年级学生所产生的效果都一样，并没有受到测试形式的
影响。研究的结果证明，学生先阅读英文篇章，比起没有先阅读
的学生，在阅读理解测验的表现要好，成绩高了10%到15%。这

个研究的意义在于它确定了学生可以借助自己较强的语言（例如英文），来引发他们的潜存知识（Prior Knowledge），对他们阅读理解自己较差的语言篇章（例如汉语篇章）是有帮助的。

在公教中学附小高才班和英华小学高才班任教的教师陈文龙和吴翠娴（2008）在国立教育学院吴英成教授的指导下，于他们所任教的小学高才班（小四学生）进行了"英文在华文阅读理解的运用"的实验，并在二〇〇八年七月十五日在第十届亚太高才班研讨会上发表了他们的研究报告。这个研究报告探讨学生在阅读理解方面使用英文作答和使用华文作答的表现差异。实验的过程是，学生根据所给的汉语篇章回答三道题。第一题是汉语问题，要求学生用汉语作答；第二题是英语问题，要求学生用英语作答；第三题是汉语段落，要求学生翻译成英语。第一题和第二题的问题设置属于评价性理解，题目要求学生使用汉语和英语来提出自己的看法，学生必须要有一定的背景知识，并且需要进行分析。第三题主要检测学生对短文内容的理解，不需要学生进行分析，也不需要学生提出自己的看法。该研究所得的结果是，通过英语翻译，证明学生对汉语篇章内容能够理解；但是，用汉语表述、进行评价，学生的表现较差；而用英语表述、进行评价，学生的表现则较好。研究报告所得的结论是：（一）当学生允许使用自己水平较强的语言——英语进行书面作答时，他们比较能够清楚地表达看法；（二）问题用英语设置，学生较能明白题目的要求；（三）对于用英语设置题目，允许学生用英语作答，这增加学生的信心、兴趣和热忱，对学生完成理解问答起著正面的作用。

从上面所介绍的实验研究我们可以了解，第一，学生对汉语篇章内容的理解，可从他们进行的英语翻译得到证明；第二，学生用其水平较强语言进行表述、评价，反映了学生对篇章内容的理解；第三，学生用其水平较弱的语言进行表述、评价，并不表示学生不理解篇章的内容，而是因为学生的汉语水平不足，以致影响了表达。陈、吴的实验研究清楚地说明了，学生能够理解篇章内容，但却不能有效地使用汉语进行表述、评价；面对需要进行评价的高层次阅读理解，学生更需要依赖他们水平较强的语言——英语来进行。因此，我们得出的一个观点是，对理解问答测试而言，理解篇章内容和表达对篇章内容的理解是两种不同的认知功能。要检测学生对篇章内容的理解，我们可以设置多项选择的考查方式，让学生从所提供的四个选项中选择他们认为正确的答案，这就能达到检测学生是否理解篇章内容的目标及其理解能力。但是，要学生运用文字来表现他们对篇章内容的理解，这牵涉到学生的产出性能力（Productive Skill）。用文字来书写是听说读写四项技能中层次最高、难度最高的能力。如果学生必须用自己水平较弱的语言——汉语来表达，我们就不能有效地检测学生的阅读理解程度。为了让学生更有信心地完成阅读理解问答和更有效地测试学生的阅读理解水平，我们必须用新的观点和视角来构建适合新加坡国情的汉语作为第二语言的阅读理解测试。

六　汉语作为第二语言的阅读理解测试的新加坡模式

吴英成（2006）指出了新的方向。他认为，根据篇章语言、问题用语、作答用语的不同组合，阅读理解的问答测试可分为四个类型，如表一所示：

表一　阅读理解问答测试的四个类型

	篇章	问题	作答	语言技能	类型
1	英	英	英	读技、写技	EL1（英语作为第一语言）
2	华	英	英	读技	CL2$_2$（汉语作为第二语言第二种形态）
3	华	华	英	读技	CL2$_1$（汉语作为第二语言第一种形态）
4	华	华	华	读技、写技	CL1（汉语作为第一语言）

　　他认为，第一种类型（英英测试）与第四种类型（华华测试）都是属于单语测试。两者的篇章语言、问题用语和作答用语都是同一语言，只是前者以英语作为第一语言（EL1）测试，后者以汉语作为第一语言（CL1）测试。第二种类型（CL2$_2$）与第三种类型（CL2$_1$）都是属于汉语作为第二语言的阅读理解测试类型，也都属于双语测试，并以英语作答。两者的差异为，前者的问题用英语，后者的问题用汉语。对于汉语作为第二语言的学习者来说，问题和作答都用汉语的第四种类型（CL1）最难，问题和作答都用英语的第二种类型（CL2$_2$）最容易，而问题用汉语、作答用英语的第三种类型（CL2$_1$）处于中间状态。而目前新加坡主流汉语教学界一律只以难度最高的第四种类型（CL1）来进行阅读理解问答测试，完全无视学习者的第一语言知识，这种做法有待商榷。他建议在学生学习汉语作为第二语言的的初始阶段，应先采用第二种类型（CL2$_2$），而后随着学生汉语程度的提高改用第三

种类型（CL2₁），最后才逐步采用高难度的第四种类型（CL1）。

在吴英成（2006）的建议和陈文龙、吴翠娴（2008）所做的实验研究的启示下，我们认为，适合新加坡国情的汉语作为第二语言的阅读理解测试应考虑以下几点：（一）应根据难易的水平来划分测试的等级；（二）应区分阅读理解和阅读理解＋表达对学生作答能力的不同要求；（三）应允许学生使用自己较强的语言（英语）作答较高层次的阅读理解问答题（阐释性和评价性问答题）。基于上述的考量，我们构建适合新加坡国情的汉语作为第二语言的阅读理解测试模式，如图一所示：

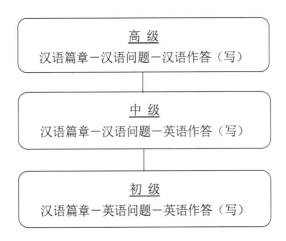

图一　汉语作为第二语言的阅读理解测试模式

这个模式共分三个等级：初级、中级和高级。初级程度的测试，我们以英语来设置阐释性和评价性问答题，学生使用英语进行书面作答。中级程度的测试，我们以汉语来设置阐释性和评价性问答题，学生使用英语进行书面作答。高级程度的测试，我们以汉语来设置阐释性和评价性问答题，学生使用汉语进行书面作答。对汉语作为第二语言的学习者而言，由于英语是他们较为强势的语言，他们会认为初级程度的测试最为容易，中级程度的测试较难，高级程度的测试则最难。这个模式照顾到了以汉语作为第二语言的学习者的水平和需求：（一）学习者可以根据自己汉语水平的高低选择符合他们水平的测试；（二）学习者用自己较强势的英语进行书面表达，能较有效地展现他们对篇章的理解，不会因为表达能力的不足而影响了对篇章内容的阐述和评价；（三）由于学习者用自己较强势的英语进行书面表达，他们比较有信心和兴趣完成层次较高的阐释性和评价性的问题。

七　结语

新加坡现行的考试一步到位，要求英语较强、汉语较弱的学生用汉语来展现他们对阅读篇章的理解。由于他们较弱的汉语水平无法清楚地进行书面表达，致使他们的考试成绩欠佳，使得他们对学习汉语失去兴趣。（华文课程与教学法检讨委员会，2004：6-7）我们提出适合新加坡国情的汉语作为第二语言的阅读理解测试模式，它较能适合新加坡汉语作为第二语言的学习者。在阅读理解汉语篇章时，设置英文题目，让学生借助于自己较强的语言（英语）作答，这样便能使学生在比较自在、自信的情况下展现对篇章内容的理解，如此引导以英语为家庭用语的学生提升汉语为第二语言的阅读理解能力。

参考文献

中文书目

2009 年中学华文普通水准会考考卷，新加坡：考评局。

2010 年小学离校考试——考试纲要和试题样本，新加坡：考评局。

北京语言大学汉语水平考试中心编（2007）《中国汉语水平考试
　　　（HSK）改进版样卷》，北京：北京语言大学出版社。

陈文龙、吴翠娴（2008）英文在华文阅读理解的运用，第十届亚
　　　太高才班研讨会研究报告，新加坡。

华文课程与教学法检讨委员会（2004）《华文课程与教学法检讨
　　　委员会报告书》，新加坡：教育部。

华语文能力测验（TOP），网址：http://www.sc-top.org.tw

梁荣源（1992）《阅读教学：理论与实践》，新加坡：仙人掌出版
　　　社。

梁荣源、苏启祯（1993）英文篇章预导效果对小三至小五学生阅
　　　读华文篇章的影响，第四届国际汉语教学讨论会论文，
　　　北京。

吴英成（2006）华语作为第二语言阅读探索，自主阅读研讨会主
　　　题演讲，新加坡。

中国汉语水平考试（HSK），网址：http://www.hsk.org.cn

英文书目

Grabe W. (2009). *Reading in a Second Language: Moving from Theory
　　　to Practice.* New York: Cambridge University Press.

Ministry of Education, Singapore (2004). *Refinements to Mother Tongue Language Policy.* Singapore: Ministry of Education Press Release, 9 Jan.

Roe, B. D., B. D. Stoodt & P. C. Burns (1991). *Secondary School Reading Instruction: The Content Areas.* Boston: Houghton Mifflin Co.

Smith, N. B. & H. A. Robinson (1980). *Reading Instruction for Today's Children.* Englewood Cliffs, N.J.: Prentice-Hall.

Stoodt, B. D. (1981). *Reading Instruction.* Boston: Houghton Mifflin Co.

本文曾发表于《世界汉语教学》 2010年第3期，页415-422。

先语言后文化——汉语作为第二语言
或外语的小学生口语交际教材

一 前言

近年来，随著中国国势的不断强大，汉语的国际地位日益提高。国际间汉语作为外语的学习人数激增。汉语走向世界和汉语全球化的趋势已经形成。为了应对这个全球汉语热的需要，国际汉语教学已经从"请进来"的时代进入了"走出去"的时代。为此，中国十分积极地为海外地区的汉语学习者编制所需的教材。在北美、欧洲、日本、韩国、泰国、菲律宾、印尼、越南、缅甸等地区的社区中，汉语不是所在地的主导语言，汉语课程处于主流教育之外，所用教材通常由海外汉语机构提供，内容取材于中国大陆或台湾。（吴英成，2010：77-89）一般而言，教材是组织教学的材料、教师教学的依据和学生学习的内容。本文所要探讨的是，在汉语非主导语言的环境基础下，汉语作为第二语言或外语的小学生口语交际教材的构建理念。

二 中国编制的海外小学生教材的特色

我们以《中文》（修订版）作为例子，说明中国编制的海外小学生教材的特色。《中文》（试用版）教材是一九九六年由中华人民共和国国务院侨务办公室委托暨南大学华文学院为海外华侨、华人子弟学习中文而编写的。全套教材共四十八册，其中《中文》主课本十二册，家庭练习册二十四册（分为A、B册），教师教学参考书十二册。这套教材自一九九七年六月陆续出版，直到一九九九年十一月全部出齐，迄今已发行五百六十多万册。在二○○六年，《中文》教材的修订是中华人民共和国国务院侨务办会室委托暨南大学华文学院、华文教育研究所在原《中文》教材试用版的基础上，总结自一九九七年以来的试用情况，结合海外华文教育的实际需要和特点，广泛听取各方面意见和建议，以教材研究为依据修订再版。修订再版的《中文》教材全套共五十二册，除原有的四十八册外，另增编了配套的《学拼音》课本一册、《学拼音练习册》二册及《学拼音教学参考》一册。（《中文》，修订版前言，2006：1）

这套教材的教学目的是使学生经过全套中文教材的学习与训练，具备汉语普通话听、说、读、写的基本能力，了解中华文化常识，为进一步学习中国语言文化打下良好的基础。在修订编写过程中，教材根据海外华文教育的目标要求，从教学对象的年龄、生活环境和心理特点出发，以中国国家对外汉语教学领导小组办公室汉语水平考试部编制的《汉语水平等级标准与语法等级大纲》（1996）、中国国家汉语水平考试委员会办公室考试中心制定的《汉语水平词汇与汉字等级大纲》（2001）和中国国家语委、国家教委公布的《现代汉语常用字表》（1988）等为依据或参考，科学地安排教材的字、词、句、篇章等内容，由浅入深、循序渐进地设置家庭练习，培养学生的学习兴趣，启发学生积极思考，

提高学生运用中文的能力。（《中文》，修订版前言，2006：1）

修订后的《中文》教材作了下列的重要设置：（一）每册由原来的十四课调整为十二课，并适当降低了课文难度。每三课为一个单元，每册共有四个单元。每个单元附有综合练习，每册增加了总练习。每册教材均附录音序生词表，该表收录本册各课所有生词（含单音节词和多音节词，并在生词右下角标注课文序号。（二）修订版教材第一册第一至六课为识字课，主课文后只列生字，不列词语和句子；自第七课开始，主课文后列词语和句子，但只列双音节或多音节词语，单音节词不列入；部分主课文后还列有"专有名词"，如人名、地名、国名等。（三）为了方便教学、修订版中文教材另配有《学拼音》及配套练习册，故一至十二册主教材不含现代汉语拼音教学内容，但自第五册开始，适当增加了部分拼音练习。（四）修订版教材第一至四册的主课文、阅读课文均加注现代汉语拼音，从第五册开始，只为生字注音。注音时除主课文后的"词语"和"专有名词'按词注音外，其余部分均按字注音，一般标本调，但几类轻声不标声调。一般轻读、间或重读的字，注音上标调号。此外，"一"、"不"在课文中按实际读音标注声调。（五）儿化的处理。凡书面上可以不儿化的，不作儿化处理，但有拼音时则加注儿化音：非儿化不可的，则将"儿"字放在词后，如"这儿"、"一会儿"等。（六）为了方便学生学习，修订版中文教材及练习册的课文题目、练习题目等配有英文翻译或解择。部分"专有名词"在《中文教学参考》中加注了英文名称。（七）新出现的笔画或部首均在课文生字栏下列出，但识字课只列笔画，不列部首。一至四册课堂练习中的"描一描，写一写"，凡生字均按笔顺逐一列出笔画，并将笔画书写方向用红色备头标出。从第五册开始，课堂练习的生字不再按笔顺列出笔画。笔顺规范依据中国国家语委、新闻出版总署颁布的《现代汉语通用字笔顺规范》（1997）。（八）为方便阅读课文的教学和自学，修订版中文教材在阅读课文后增加了"生字"、"词语"，部分列有"专有名词"，并相应地在《中文教学参》中增加了阅读课文的教学参考内容。（九）为了适应部分学生认读繁体字的需要，修订版教材在主课本之后附有"简繁对照"的音序生字表，并在生字右下角标出课文序号。自第二册开始，各册均收录前面各册教材的音序生字表，以方便查阅。这套教材所列繁体字依据中国国家语委颁布的《简化字总表》（1986），该表附录中所列异体字已停止使用，因此，这套教材不再作为繁体字或异体字收录。繁体字字形均采用新字形。《中文教学参考》中也相应地增加了繁体字的教学参考内容。此外，一至六册教材附设有生字卡片，以方便教学。（十）为培养学生的汉语交际能力，修订版中文教材在原有的基拙上进一步加强了汉语交际功能训练。（《中文》，修订版前言，2006：1-2）

三 台湾编撰的海外小学生教材的特点

我们以《印尼版新编华语》作为例子，说明台湾编撰的海外小学生教材的特点。《印尼版新编华语》是台湾的侨务委员会于二〇〇三年六月出版的。其《序言》说道：东南亚是海外华人居住最众多的地区，华人迁居该地区也有数百年的历史。早期华人移民东南亚，大多数存著"落叶归根"的心态，然而，随著时代和环境的变迁，年轻一代的华人子弟大多数认为归根印尼才是他们未来的希望。这种理念在印尼华人尤其特别明显。不过，他们对於华语文教育的重视则没有因时代环境的变迁而削减，相反的，由於东南亚地区现代化的进展，这一地区与世界经济体系的相互依赖，华语文教育更受重视。当前侨社也需要有一套适合当地的教材，一方面能够帮助他们更了解居住国的历史、风俗文化、人文地理等。印尼是世界最大的群岛国家，也是世界第五大人口众多的国家，一向被称为东南亚的"龙头"，幅员辽阔，更有多元的族群、宗教、文化、及社会型态，堪称为世界罕见的多采多姿的岛国。这套教材旨在有系统的提供有关印尼的教学题材，以增进小朋友对该国风土文化、自然环境、重要历史人物等的认识。这套教材的编制经学者专家设计而成，内容涵盖日常生活用语、寓言故事、历史与人文地理等题材，并以深入浅出方式，介绍台湾的文字及当地人文生活经验，期使教学内容能融入日常生活之中。编者相信透过这套教材多元、活泼的内容，不仅能提升海外华侨子弟学习华文的兴趣，更能扩大中华文化的影响力，促进华人与当地人民的感情、互相尊重、了解与合作阐怀。（《印尼版新编华语》，序言，2003）

　　《印尼版新编华语》教材作了下列的重要设置：（一）课本共分十二册，是为了适应印尼华侨小学，传习华语需要而编写的。各册选字用词、单元课程，版面设计，完全依据当地实际情况所订定。（二）课本生字的编撰，尽可能以由简入繁为原则，笔画较简单者为优先，构词编撰的原则为"实词"先於"虚词"，生活用语优於非生活用语，循序渐进，以求学以致用。（三）课本选用华文最常用一千一百个字，进而构成词汇达五百个。读完小学之后，已经可以应付日常生活交际需要，并能书写日常应用的便条、通知、书信等，理解百分之八十华文报纸的阅读能力。（四）各册课本分若干单元，每课生字分布平均八个字，课文之后属教学延伸部分，旨在增进学生用字遣词、造句的能力。（五）课文内容，低年级以会话优先，识字次之。中年级起以文章为主，配合当地国情、社会背景，并介绍中华文化。（六）各册课本生字，一律采用华文标准楷书字体，字旁并加注音符号。高年级课本，课文文字不再加注音符号，以减低学生对注音符号的依赖性，加强华文的认念能力，并注重词汇本位教学。（七）中年级起，各册课本体裁的选择，以多样性变化为原则，力求实用而又兼具趣味化，以提高学生学习意愿。（八）各册课本采用 A4 尺寸纸张，彩色横式编排以利字与行之间距放宽、字体加大，俾使学生阅读舒适。（九）课本插图以彩色为原则，插图的绘制，配合课文内容，力求生动活泼，以帮助学生了解教材内容，增添学习兴趣。（《印尼版新编华语》，编辑要旨，2003）

四　新加坡教育部制定的小学华文教材及其特征

为达致"理想教育成果"，新加坡教育部制定了"重思考的学校、好学习的国民"的教育方针，并在这个基础上，提出了"创新与企业精神"、"少教多学"等教育理念。这些教育理念的内涵在于著重培养学生主动探究、自主学习的精神，强调师生的互动，调动学生学习的积极性，全面提高学习效益。其具体落实在教学中则是：（一）在培养学生主动探究、自主学习的精神方面，教师通过创设情境，引导学生分析问题、解决问题；通过让学生收集、筛选、整理及运用资料，培养学生自主学习的能力。（二）教师通过鼓励学生建立学习群体，发挥互助精神，开展互动学习，建立勇于发问、乐于参与、积极分享的学习风气。随着社会的发展和语言环境的改变，华文课程应做出相应的调整。教育部于二〇〇四年二月成立"华文课程与教学法检讨委员会"，对新加坡的华文课程进行了全面的检讨。委员会认为华文课程仍应配合我国的双语政策，注重母语教学，保留传统文化，同时还需加强课程的灵活性，提高学生运用语言的能力。（《小学华文课程标准》，2007：1）

新加坡教育部长二〇〇九年在教育部新一年的工作指导蓝图会议上指出，来自讲英语背景家庭的华族小一新生人数已从二〇〇四年的47.3%上升到二〇〇九年的约60%，超越汉语而处于主导的地位。（网址：http://www.moe.gov.sg/media/speeches/2009/09/17/work-plan-seminar.php） 从这个趋势看来，在十年至二十年内，英语将成为新加坡华族最主要的语言，而汉语则将变成通过课堂学习的第二语言或外语。

新加坡教育部制定的小学华文教材《小学华文》，其理念主要包括：（一）兼顾语言能力的培养与人文素养的提高：华文课程应为学生打好语文基础，培养学生的听说能力、识字与写字能力、阅读能力、写作能力和综合运用语言技能的能力。华文课程还应强调华族文化的传承及品德情操的培养，以提高学生的人文素养；（二）注重华文的实用功能：华文课程应充分利用家庭、学校、社区、网络资讯等资源，扩大学生的学习空间，开展结合生活实际的学习活动，以增加学生运用语言的机会，激发学生学习华文的兴趣，增强学生离校后继续使用华文的积极性；（三）

遵循语言学习的规律，提高学习效益：华文课程应遵循语言学习的规律。在培养学生听、说能力的基础上，加强读、写能力的培养。在教学过程中，应在学生已有的语文基础上，开展综合性语言学习活动，让学生在实践中学习语言，培养语感；（四）重视个别差异，发掘学生潜能：为了使华文课程重视学生的个别差异，给来自不同语言背景、具有不同语言能力的学生提供不同的选择，课程采用单元教学模式，包括导入单元、核心单元和深广单元，以照顾学生家庭语言背景的不同和学习能力的差异。导入单元著重听说和识字教学，它供较少接触华文的学生学习，目的是为进入核心单元做准备；核心单元著重听说、识字与写字和阅读教学，它是所有的小学生都必须修读的单元；深广单元著重增加阅读量、拓宽阅读面，它是让那些既有能力又对华文感兴趣的学生学习，它安排在核心单元之后。华文课程也应为教师提供发挥的空间，让教师能针对学生的需要，采取不同的策略，开展多元的教学活动，发挥学生的潜能，让学生体验成功；（五）培养积极、自主学习的精神：华文课程应倡导自主、合作、探究的学习方式。学生是学习的主体，教师是学习的引导者。教师应组织和引导学生在实践中学习，加强学生之间的互动与合作，培养学生积极、自主学习的精神；（六）发展学生的思维能力：华文课程应注重语言与思维的相互促进。在培养学生语言能力的同时，也应有意识地发展学生的思维能力，培养想象力和创造力，使他们具备分析问题、解决问题的能力。（《小学华文课程标准》，2007：3-4，9-15）

在总目标方面，《小学华文》以"理想教育成果"为宗旨，以"核心技能与价值观"为基础，兼顾国民教育、思维能力、资讯科技、社交技能与情绪管理的学习等方面来拟定。其中，核心技能与价值观包括语文和运算技能、交际技能、综合与运用知识的技能、建立良好的社会关系与协作的技能、自我管理与终身学习的技能、思维技能与创造力和良好的品德修养，教学内容必须具体落实这些核心技能与价值观。总目标主要包括：（一）培养语言能力：能听懂日常生活中的一般话题、儿童节目、简单的新闻报道等；能以华语与人交谈，能针对日常生活话题发表意见；能阅读适合程度的儿童读物，能主动利用各种资源多阅读；能根据图意或要求写内容较丰富的短文，能在生活中用华文表达自己的感受；能综合运用听、说、读、写的语言技能进行学习，与人沟通；（二）提高人文素养：培养积极的人生态度与正确的价值观；认识并传承优秀的华族文化；关爱家人，关心社会，热爱国家；热爱生活，感受美，欣赏美；（三）培养通用能力：发展思维能力，能发挥想象力和创造力，具备分析问题、解决问题的能力；具备基本的自学能力，能运用所学的知识；能借助资讯科技进行学习，与人沟通；具备社交技能与情绪管理能力，能对自己有一定的认识，并能和周围的人建立良好的关系。（《小学华文课程标准》，2007：5-6）

《小学华文》的设置采用单元模式进行。其中，核心单元是学生都必须学习的单元，其授课时间占总课时的70至80%。其余20至30%的授课时间，学校可根据学生的情况，选用以下任何一个单元：（一）导入/强化单元：导入单元供较少接触华文的学生在小一、小二阶段学习，目的是为进入核心单元的课程做准备。到了小三、小四阶段，需要额外帮助的学生可以学习强化单元。导入/强化单元的教学应安排在核心单元教学之前；（二）校本单元：学校可根据各自的情况，采用以下任何一种处理方式：采用部分导入/强化单元或深广单元教材，加强针对性教学；利用核心单元教材，丰富教学活动； 自行设计教材，丰富学习内容；（三）深广单元：那些既有能力又对华文感兴趣的学生，则学习华文深广单元。深广单元的教学应安排在核心单元教学之后。（《小学华文课程标准》，2007：10-11）

五 对比分析中国、台湾和新加坡三地的小学生教材

我们将从以下四个方面来对比分析中国、台湾和新加坡三地的小学生教材：（一）选编的文本；（二）宣扬的意识；（三）承传的文化；（四）教授的技能。

（一）选编的文本。中国编制的《中文》以短文、童话、寓言、传说、古诗、成语故事、历史故事、人文地理等为主。其中，短文如《司马光》（第四册第八课），《猪八戒吃西瓜》（第九册第四课）；童话如《龟兔赛跑》（第三册第十课），《乌鸦喝水》（第七册第四课）；寓言如《狼来了》（第三册第十二课），《东郭先生和狼》（第七册第五课）；传说如《鲁班与锯子》（第三册第八课），《嫦娥奔月》（第五册第九课）；古诗如《古诗二首：静夜思，登鹳雀楼》（第三册第七课），《古诗二首：游子吟，江雪》（第五册第七课）；成语故事如《成语故事：守株待兔，刻舟求剑》（第五册第六课），《成语故事：亡羊补牢，拔苗助长》（第六册第六课）；历史故事如《蔡伦造纸》（第三册第九课），《李时珍》（第五册第十二课）；人文地理如《颐和园》（第四册第二课），《杭州西湖》（第七册第三课）。

　　台湾编制的《印尼版新编华语》以短文、书信、历史故事、人文地理、宗教故事等为主。其中，短文如《向人问好》（第五册第三课），《生日礼物》（第八册第一课）；书信如《给外婆的信》（第八册第十课），《枫叶卡》（第十册第六课）；历史故事如《爱画图的老人（仓颉）》（第六册第十课），《印尼的独立节》（第八册第三课）；人文地理如《美丽的巴厘岛》（第五册第七课），《老家泉州》（第五册第八课）。

　　新加坡编制的《小学华文》以短文、童话、寓言、传说、书信、历史故事等为主。其中，短文如《我们都爱新加坡》（一下，第七课），《过新年》（二上，第三课）；童话如《碰碰船》（一下，第六课），《小猫钓鱼》（二上，第八课）；寓言如《友谊桥》（三上，第四课），《永远不满》（四上，第三课）；传说如《红山的传说》（三下，第十五课），《筷子的传说》（三下，第十八课）；书信如《给小主人的信》（五上，第七课），《两封信》（五下，第十七课）；历史故事如《孔融让梨》（二上，第十一课），《新加坡拉》（二下，第十七课）。

　　（二）宣扬的意识。中国编制的《中文》重点宣扬龙的传人、中国情思等意识。如《江河》（第二册第十一课）写道："黄河是中国的母亲河……哺育著中华大地……我们爱长江，我们爱黄河。"；《"神舟"飞天》（第五册第九课）写道："'神舟五号'载人航天飞船的成功飞行，使中国人千年的飞天梦想终于实现了！……我们都为'神舟六号'载人航天飞行船取得的新成就感到光荣和自豪"。

　　台湾编制的《印尼版新编华语》重点宣扬认识风土文化、重要历史人物、自然环境等意识。其中宣扬认识风土文化的课文如

《中国农历新年》(第六册第四课),《印尼的独立节》(第八册第三课);宣扬重要历史人物的课文如《孙中山》(第九册第二课),《(印尼)民族英雄狄波尼果罗王子》(第九册第一课);自然环境的课文如《美丽的印尼》(第五册第五课),《美丽的巴厘岛》(第五册第七课)。

新加坡编制的《小学华文》重点宣扬培养正确的价值观、认识优秀的华族文化、关爱家人、关心社会、热爱国家等意识。其中宣扬培养正确的价值观的课文如《我的好朋友》(二上,第十二课),《懂事的丽文》(三上,第二课);认识优秀的华族文化的课文如《孔融让梨》(二上,第十一课),《司马光救人》(二下,第十六课);关爱家人的课文如《看电视》(三下,第十四课),《倾斜的伞》(六上,第三课);关心社会的课文如《"失物"认领》(三下,第十七课),《认识新加坡》(四上,第二课);热爱国家的课文如《我们都爱新加坡》(一下,第七课),《新加坡生日快乐》(五下,第十四课)。

(三)承传的文化。中国编制的《中文》以了解中华文化常识为主。如《新年到》(第一册第十二课),《江河》(第二册第十一课),《古诗二首:静夜思,登鹳雀楼》(第三册第七课),《颐和园》(第四册第二课),《李时珍》(第五册第十二课),《成语故事:亡羊补牢,拔苗助长》(第六册第六课),《万里长城》(第七册第七课),《古诗二首:清明,枫桥夜坡》(第八册第九课),《中秋之夜》(第九册第二课),《成语故事:开天辟地,千里送鹅毛》(第十册第五课),《天安门》(第十一册第七课),《京剧大师梅兰芳》(第十二册第五课)等。

台湾编制的《印尼版新编华语》以介绍中华文化、扩大中化文化的影响力为主。如《老家泉州》（第五册第八课），《中国农历新年》（第六册第四课），《有趣的中国字》（第九册第四课），《孟母三迁的故事》（第十一册第五课），《太极拳》（第十二册第二课），《竹子》（第十二册第七课），《梅花》（第十二册第八课），《陶渊明》（第十二册第九课）等。

新加坡编制的《小学华文》以华族文化的传承、品德情操的培养为主。如《可爱的汉子》（一上，第三课），《过新年》（二上，第三课），《孔融让梨》（二上，第十一课），《学华语》（二下，第十五课），《司马光救人》（二下，第十六课），《葬在蓄水池边的英雄》（四，下，第十九课），《木兰从军》（四下，第二十课），《不及段灵送我情》（五下，第十八课）等。

（四）教授的技能。中国编制的《中文》以识字教学、句子教学、阅读理解为主、听说写为辅的综合训练。汉字词汇语法以中国国家对外汉语教学领导小组办公室汉语水平考试部编制的《汉语水平等级标准与语法等级大纲》（1996）、中国国家汉语水平考试委员会办公室考试中心制定的《汉语水平词汇与汉字等级大纲》（2001）和中国国家语委、国家教委公布的《现代汉语常用字表》（1988）等为依据或参考。《中文》，修订版前言，2006：1）课文的字数，低年级每篇约十九字至四百四十字，高年级每篇约五百字至一千四百字。每一篇课文都设置"生字"（低年级六至十一字，高年级十二至十八字）、"词语"（低年级三至五个，高年级七至十三个）、"专有名词"、"句子"（低年级一至二句，高年级二句）、"写一写"（每个生字写三次）、"读一读"（词语搭配）、"扩展与替换"（从词扩展到句，句子中的词语替换）、"对话"、"想一想、说一说"等项目。

台湾编制的《印尼版新编华语》低年级以会话、中、高年级以文章的阅读理解为主。课本选用华文最常用一千一百个字，进而构成词汇达五千个。读完小学之后，已经可以应付日常生活交际需要，并能书写日常应用的便条、通知、书信等，理解百分之八十华文报纸的阅读能力。每课生字分布平均八个字，课文之后属教学延伸部分，旨在增进学生用字遣词、造句的能力。课文内容，低年级以会话优先，识字次之。（第一册至第四册）中年级起以文章为主，配合当地国情、社会背景，并介绍中华文化。（第五册至第十二册）（《印尼版新编华语》，编辑要旨，2003）课文的字数，低年级每篇约四十字至一百二十字，中、高年级每篇约二百字至五百字。低年级课文的设置包括"识字"（生字）、"写写看"（每个生字写三次）、"注音"（写注音）、"连连看"（连词语或句子）、"读读看"（读词语或句子）、"回答问题"（写答案）、"填空"（填词语或句子）、"造句"；中、高年级的课文只列"生字"，并在课本的末处列出该册所需学习的生字及其部首、构词和常用短语。

新加坡编制的《小学华文》偏重阅读理解能力的训练、听说写的训练穿插在阅读教学活动中。目标主要在于培养语言能力，即能听懂日常生活中的一般话题、儿童节目、简单的新闻报道等；能以华语与人交谈，能针对日常生活话题发表意见；能阅读适合程度的儿童读物，能主动利用各种资源多阅读；能根据图意或要求写内容较丰富的短文，能在生活中用华文表达自己的感受；能综合运用听、说、读、写的语言技能进行学习，与人沟通。（《小学华文课程标准》，2007：5）对于识字和写字能力的要求，到了小六阶段，学生能识读常用汉字一千六百至一千七百

个，其中一千至一千一百个会写。（《小学华文课程标准》，
2007：21）课文的字数，低年级每篇约三十字至二百二十字，高
年级每篇约二百五十字至四百二十字。每一篇课文都设置"认读
字和写用字"（低年级"我会认"八至十字，"我会写"四至八
字；高年级"我会认"十五至十六字，"我会写"八至十三
字）、语文园地（低年级包括读读记记、比比读读、读读想想、
读读练练、听听说说等；高年级包括读读想想、读读记记、读读
说说、听听说说、学习宝藏等）。

六 汉语作为第二语言或外语的小学生口语交际教材的构建理念

　　一般公认的教材编写原则包括针对性、科学性、实用性和趣
味性等。（李泉，2004：25）虽然针对性占有重要的地位，而在
教材中大力弘扬中华文化，其动机虽是可以理解，其做法也无可
厚非。但是，从根本上来说，汉语作为第二语言或外语并不承担
弘扬中华文化的任务。教材中弘扬的味道如果太浓太强烈、中华
文化优越性如果突出的太多太明显，必定会使学习者产生教材是
在宣扬中华文化、甚至是强行宣扬中华文化的印象。学习者一旦
对教材内容产生"强加于人"的强烈印象，必然会引起他们的强
烈反感。汉语作为第二语言或外语的学习者在学习汉语时，大多
带有工具性目的，他们不一定非要认同中华文化。因此，教材要
让学习者在学习汉语时感到人文性，不可一味弘扬中华文化。这
样，汉语才能更容易地国际化。（赵金铭，1998：54；李泉，
2002：37-38）本篇文章对中国、台湾和新加坡三地的小学生教材

进行对比分析中发现，这三地的小学生教材偏重阅读教学和中华文化的传承。我们认为，语言的学习重在交流和沟通，书面语教学和重文化内容无助于口语交际的训练。我们的构想是：应该有独立的汉语口语交际教材，不应和文化挂得太紧，应与日常现实生活衔接联系。先解决语言，再解决文化。如此，汉语作为第二语言或外语的学习者在学习汉语时，先掌握口语的能力，打下较为坚实的语言基础后，才让他欣赏中华文化的美。

七　结语

　　中国国势的强大使得汉语的国际地位高涨。国际间汉语作为外语的学习人数激增促使汉语走向世界和汉语全球化趋势的形成。为了应对这个全球汉语热的需要，国际汉语教学已经从"请进来"的时代进入了"走出去"的时代。对此，中国十分积极地为海外地区的汉语学习者编制所需的教材。在北美、欧洲、日本、韩国、东南亚各国等以及其他地区的社区中，汉语不是所在地的主导语言，汉语课程处于主流教育之外，所用教材通常由海外汉语机构提供，内容取材于中国大陆或台湾。一般而言，教材是组织教学的材料、教师教学的依据和学生学习的内容。从本文对中国、台湾和新加坡三地的小学生教材进行对比分析后，发现其教材偏重阅读教学和中华文化的传承。我们认为，语言的学习重在交流和沟通，书面语教学和重文化内容无助于口语交际的训练。我们的构想是：先解决语言，再解决文化。应该有独立的汉语口语交际教材，不应和文化挂得太紧，应与日常现实生活衔接联系。如此，汉语作为第二语言或外语的学习者才不会对教材产生抗拒，才会在较轻松的环境下学习汉语。

参考文献

中文书目

范印哲（1998）《教材设计与编写》，北京：高等教育出版社。

弗朗索瓦-玛丽·热拉尔、易克萨维耶·罗日叶著，汪凌、周振平译（2009）《为了学习的教科书——编写、评估、使用》，上海：华东师范大学出版社。

华文课程与教学法检讨委员会（2004）《华文课程与教学法检讨委员会报告书》，新加坡：教育部。

课程规划与发展司（2007）《小学华文》，新加坡：教育部。

课程规划与发展司（2007）《小学华文课程标准》，新加坡：教育部。

柯逊添、沈悦祖（2003）《印尼版新编华语》，台北：中华民国侨务委员会。

李泉（2002）《论对外汉语教材的趣味性》，见刘珣、张旺熹、施家炜主编《对外汉语教学论文选评》第 2 集（1991-2004）下册，北京：北京语言大学出版社，页 28-44。

李泉（2004）《论对外汉语教材的针对性》，见刘珣、张旺熹、施家炜主编《对外汉语教学论文选评》第 2 集（1991-2004）下册，北京：北京语言大学出版社，页 15-27。

吴英成（2010）《汉语国际传播：全球语言视角》，北京：商务印书馆。

新加坡教育部长 2009 年在教育部新一年的工作指导蓝图会议上

演说，网址：http://www.moe.gov.sg/media/speeches/2009/
09/17/work-plan-seminar.php

赵金铭（1998）《论对外汉语教材评估》，见刘珣、张旺熹、施家
炜主编《对外汉语教学论文选评》第 2 集（1991-2004）
下册，北京：北京语言大学出版社，页 45-59。

中国暨南大学华文学院、华文教育研究所（2006）《中文》，广
州：暨南大学出版社。

英文书目

Cunningsworth, A. (1995). *Choosing Your Coursebook.* Oxford: Heinemann.

Grant, N. (1987). *Making the Most of Your Textbook.* London, New York: Longman.

Hidalgo, A., Hall, D. and Jacobs, G. (eds.) (1995). *Getting Started: Materials Writers on Materials Writing.* Singapore: SEAMEO Regional Language Centre.

McGrath, I. (2002). *Materials Evaluation and Design for Language Teaching.* Edinburgh: Edinburgh University Press.

Tomlinson, B. (ed.) (1998). *Materials Development in Language Teaching.* Cambridge: Cambridge University Press.

Tomlinson, B. (2005). *Developing Materials for Language Teaching.* London: Continuum.

本文曾刊载于 Dian Huang & Minjie Xing (eds.) (2012). *Applied Chinese Language Studies,* Vol. 3. London: Sinolingua London Ltd, pp.85-94.

学习风格与教学风格——国际汉语教师培养新理念与方法探究

摘要

　　教师的学习风格对学生的学习风格起著互动的关系，并对学生的学习产生影响。（Zhang, 2004）而教师的教学风格，则与他本身的学习风格有著密切的关系。研究教师的教学风格，可使我们了解教师的教学信念如何影响教学行为，帮助教师本身提升其教学品质。（Heimlich & Norland, 2002）研究结果显示，教师的教学与其自身的人格型态关系密切。因此，我们必须正视教师的人格型态对其学习风格和教学风格的影响。（Cooper, 2001）本篇论文使用 Oxford（1993）设置的 Style Analysis Survey 量表和 Cooper（2001）设置的 Teaching Activity Preference 量表，对我系二十二名国际汉语培训教师进行研究，了解他们在人格型态、学习风格和教学风格方面的相互关系，以帮助这群教师更全面地了解自己的教学优势和有待开发的教学潜能，进而提升他们的教学质量和教学效益。

关键词：国际汉语　国际汉语教师　学习风格　教学风格

一 前言

研究显示，由于教师的学习风格对学生的学习起著影响，因此，研究教师个体的学习风格，可对教师本身作进一步的理解。此外，从教师作为一位学习者的角度而言，也可使教师本身进一步地了解自己。（Zhang, 2004）而教师的教学风格与他本身的学习风格有著密切的关系，研究教师的教学风格，可使我们了解教师的教学信念如何影响教学行为，并帮助教师本身提升其教学的品质。（Heimlich & Norland, 2002）故此，二十一世纪的教师除了了解学习者的学习风格以进行有效的教学之外，也应该了解自身的学习风格和教学风格。

二 研究内容

在学习风格的研究上，Oxford 有其独到的视角。她认为学习风格是用来学习事物的方法。她把学习风格分为下列五大类型：（一）生理感官，包括视觉型（visual）、听觉型（auditory）和动觉型（hands-on）；（二）性格行为，包括外向型（extroverted）和内向型（introverted）；（三）信息处理，包括直觉型（intuitive）和具体序列型（concrete-sequential）；（四）信息接收，包括封闭导向型（closure-oriented）和开放型（open）；（五）思维方式，包括整体型（global）和分析型（analytic）。（Oxford, 1993）根据上述五大类型，Oxford 设置了 Style Analysis Survey 学习风格量表，以让学习者从五大类型来了解自身的学习风格。在教学风格的研究上，Cooper 曾做了独特的研究。他对教师的人格型态和教学风格之间的关系进行了细致的探讨。他使用 Myers-Briggs Type Indicator（MBTI）量表和自身研发的 Teaching Activity Preference 量表，对三十八位培训教师进行调查研究，发现教师的教学风格和活动与其自身的人格型态十分契合。（Cooper, 2001）

本篇论文使用 Oxford （1993）设置的 Style Analysis Survey 量表和 Cooper （2001）设置的 Teaching Activity Preference 量表，对我系二十二名国际汉语培训教师进行研究，了解他们在人格型态、学习风格和教学风格方面的相互关系，以帮助这群教师更全面地了解自己的教学优势和有待开发的教学潜能，进而提升他们的教学质量和教学效益。

三 研究设计

1 研究对象

本篇论文的研究对象为国立教育学院中文系二十二名国际汉语培训教师。他们都是大学毕业生，年龄介于二十二岁至二十八岁之间。其中男教师八人，女教师十四人。他们每人须要完成一份问卷，并回答问卷里的所有题目。问卷的内容在于询问培训教师自身的学习风格和教学风格。全部二十二名国际汉语培训教师都作答了问卷。

2 研究工具

本篇论文使用 Oxford（1993）设置的 Style Analysis Survey

量表和 Cooper（2001）设置的 Teaching Activity Preference 量表，设置调查问卷一份。问卷分两个部分，第一部分使用 Oxford（1993）设置的 Style Analysis Survey 量表，询问培训教师自身的学习风格；第二部分使用 Cooper（2001）设置的 Teaching Activity Preference 量表，询问培训教师自身的教学风格。

Oxford（1993）设置的 Style Analysis Survey 量表分成五大类型，每个类型有二十题至三十题，共有一百一十题。其中最能体现个人学习风格的是类型四（信息接收）和类型五（思维方式），各有二十题，共四十题。本研究使用类型四和类型五，把学习风格分为两项分类四种类型。第一项分类是类型四（信息接收），包括封闭导向型（第一题至第十题）和开放型（第十一题至第二十题）。第二项分类是类型五（思维方式），包括整体型（第一题至第十题）和分析型（第十一题至第二十题）。培训教师根据题目内容来选择适合自己的选项，包括"没有"、"偶尔"、"时常"和"一直"四个选项。分数的计算则是从"没有"到"一直"依序以0，1，2，3来计算。分数越高，表示个人归属于该项该类型的学习风格。

Cooper（2001）设置的 Teaching Activity Preference 量表共有二十一题，第一题至第二十题是选择题，第二十一题是问答题（要求学员写出其他有效的外语教学活动和步骤）。本研究使用第一题至第二十题，其中可分为四项分类八种类型，第一项分类是著重的世界，包括外向型（第一题至第三题）和内向型（第四题至第六题）；第二项分类是如何认识外在的世界，包括感知型（第七题至第九题）和直觉型（第十题至第十二题）；第三项分类是如何下结论作决定，包括思维型（第十三题至第十五题）和情感型（第十六题至第十八题）；第四项分类是处理事情的态度，包括判断型（第十九题）和知觉型（第二十题）。培训教师根据题目内容来选择适合自己的选项，包括"1完全不同意"到"5完全同意"五个选项。分数的计算则是从"1完全不同意"到"5完全同意"依序以1，2，3，4，5来计算。分数越高，表示个人归属于该项该类型的教学风格。

四 所得数据

1 培训教师的学习风格

统计结果的所得数据分别列于下面的三个表中：

表一 总体教师的学习风格

学习风格	平均值	标准差	题数	每题平均	排序
封闭型	21.14	3.48	10	2.11	1
开放型	8.27	4.07	10	0.82	4
整体型	11.36	4.46	10	1.13	2
分析型	8.95	2.92	10	0.89	3

表一统计结果的所得数据显示，总体教师的学习风格属封闭型（平均值为21.14）和整体型（平均值为11.36）。从排序上而言，第一为封闭型（平均为2.11），第二为整体型（平均为1.13），第三为分析型（平均为0.89），第四为开放型（平均为0.82）。

表二　男教师的学习风格

学习风格	平均值	标准差	题数	每题平均	排序
封闭型	20.13	3.22	10	2.01	1
开放型	13.25	2.44	10	1.32	4
整体型	17.63	3.64	10	1.76	2
分析型	15.63	1.93	10	1.56	3

　　表二统计结果的所得数据显示，男教师的学习风格属封闭型（平均值为20.13）和整体型（平均值为17.63）。从排序上而言，第一为封闭型（平均为2.01），第二为整体型（平均为1.76），第三为分析型（平均为1.56），第四为开放型（平均为1.32）。

表三　女教师的学习风格

学习风格	平均值	标准差	题数	每题平均	排序
封闭型	21.71	3.49	10	2.17	1
开放型	13.00	4.75	10	1.30	4
整体型	17.86	4.87	10	1.78	2
分析型	14.07	3.22	10	1.40	3

　　表三统计结果的所得数据显示，女教师的学习风格属封闭型（平均值为21.71）和整体型（平均值为17.86）。从排序上而言，第一为封闭型（平均为2.17），第二为整体型（平均为1.78），第三为分析型（平均为1.40），第四为开放型（平均为1.30）。

2 培训教师的教学风格

统计结果的所得数据分别列于下面的三个表中：

表四　总体教师的教学风格

教学风格	平均值	标准差	题数	每题平均	排序
外向型	8.68	1.20	3	2.89	1
内向型	5.91	2.05	3	1.97	8
感知型	7.77	1.83	3	2.59	4
直觉型	7.86	1.81	3	2.62	3
思维型	7.77	1.99	3	2.59	4
情感型	7.95	1.87	3	2.65	2
判断型	2.36	0.81	1	2.36	7
知觉型	2.50	0.87	1	2.50	6

表四统计结果的所得数据显示，总体教师的教学风格属外向型（平均值为8.68）、直觉型（平均值为7.86）、情感型（平均值为7.95）和知觉型（平均值为2.50）。从排序上而言，第一为外向型（平均为2.89），第二为情感型（平均为2.65），第三为直觉型（平均为2.62），第四为感知型和思维型（平均为2.59），第六为知觉型（平均为2.50），第七为判断型（平均为2.36），第八为内向型（平均为1.97）。

表五　男教师的教学风格

教学风格	平均值	标准差	题数	每题平均	排序
外向型	13.25	1.20	3	4.42	2
内向型	10.38	1.22	3	3.46	8
感知型	11.63	2.17	3	3.88	6
直觉型	12.00	1.12	3	4.00	5
思维型	11.13	2.03	3	3.71	7
情感型	12.25	1.20	3	4.08	4
判断型	4.13	0.78	1	4.13	3
知觉型	4.50	0.50	1	4.50	1

　　表五统计结果的所得数据显示，男教师的教学风格属外向型（平均值为13.25）、直觉型（平均值为12.00）、情感型（平均值为12.25）和知觉型（平均值为4.50）。从排序上而言，第一为知觉型（平均为4.50），第二为外向型（平均为4.42），第三为判断型（平均为4.13），第四为情感型（平均为4.08），第五为直觉型（平均为4.00），第六为感知型（平均为3.88），第七为思维型（平均为3.71），第八为内向型（平均为3.46）。

表六　女教师的教学风格

教学风格	平均值	标准差	题数	每题平均	排序
外向型	13.64	1.17	3	4.55	1
内向型	9.29	2.31	3	3.10	8
感知型	12.21	1.57	3	4.07	4
直觉型	12.36	2.09	3	4.12	3
思维型	12.21	1.86	3	4.07	4
情感型	12.50	2.16	3	4.17	2
判断型	3.71	0.79	1	3.71	7
知觉型	3.93	0.96	1	3.93	6

　　表六统计结果的所得数据显示，女教师的教学风格属外向型（平均值为13.64）、直觉型（平均值为12.36）、情感型（平均值为12.50）和知觉型（平均值为3.93）。从排序上而言，第一为外向型（平均为4.55），第二为情感型（平均为4.17），第三为直觉型（平均为4.12），第四为感知型和思维型（平均为4.07），第六为知觉型（平均为3.93），第七为判断型（平均为3.71），第八为内向型（平均为3.10）。

五　讨论与启示

1 培训教师的学习风格

表七　培训教师的学习风格

	总体	男教师	女教师
类型方面	封闭型和整体型	封闭型和整体型	封闭型和整体型
排序方面			
1	封闭型	封闭型	封闭型
2	整体型	整体型	整体型
3	分析型	分析型	分析型
4	开放型	开放型	开放型

表七把培训教师的学习风格分为总体、男教师和女教师三个方面，按照类型和排序加以排列，清楚地了解他们的学习风格的归属类型。在总体教师的学习风格方面：一、类型方面，属封闭型和整体型；二、排序方面：第一为封闭型，第二为整体型，第三为分析型，第四为开放型。在男教师的学习风格方面：一、类型方面，属封闭型和整体型；二、排序方面：第一为封闭型，第二为整体型，第三为分析型，第四为开放型。在女教师的学习风格方面：一、类型方面，属封闭型和整体型；二、排序方面：第一为封闭型，第二为整体型，第三为分析型，第四为开放型。

不论是在总体、在男教师或是在女教师方面，培训教师的学习风格在类型和排序方面都显示相当一致性。类型方面都属于封闭型和整体型，排序方面第一为封闭型，第二为整体型，第三为分析型，第四为开放型。

根据 Oxford（1993）设置的 Style Analysis Survey 量表里对不同类型特征的学习风格的说明，封闭型的学习者专注于所有的学习任务，他们按时完成任务，提前做好计划，并要求明确的方向；开放型的学习者享受发现式学习（以非结构化的方式接收信息），喜欢放松心情，享受学习而不担心学习的期限或规则。整体型的学习者则享受所获得的主要概念，猜测意思和交际沟通，即使不理解所有的词语或概念；分析型的学习者注重细节，逻辑分析和对比。

从这群培训教师的学习风格所归属的类型（封闭型和整体型）和排序（第一为封闭型）来看，教学应该是他们适合从事的职业。身为教师必须提前做好教学计划，并给予学生明确的学习方向，要求学生专注于所有的学习内容，并且要按时完成教师所指定的学习任务。在教学的过程中，教师必须教导学生捕捉主要概念，猜测词语的意思。身为教师必须和学生常常进行交际沟通，才能达到互动的效果。封闭型和整体型学习者的特征具有成为教师的特质，因此，从事教学这个职业十分符合他们的风格，在教育界他们必定能够专其所向、发挥所长，成为一名尽责且优秀的国际汉语教师。

2 培训教师的教学风格

表八 培训教师的教学风格

	总体	男教师	女教师
类型方面	外向型、直觉型、情感型和知觉型	外向型、直觉型、情感型和知觉型	外向型、直觉型、情感型和知觉型
排序方面			
1	外向型	知觉型	外向型

	总体	男教师	女教师
2	情感型	外向型	情感型
3	直觉型	判断型	直觉型
4	感知型和思维型	情感型	感知型和思维型
5	一	直觉型	一
6	知觉型	感知型	知觉型
7	判断型	思维型	判断型
8	内向型	内向型	内向型

　　表八把培训教师的教学风格分为总体、男教师和女教师三个方面，按照类型和排序加以排列，清楚地了解他们的教学风格的归属类型。在总体教师的教学风格方面：一、类型方面，属外向型、直觉型、情感型和知觉型；排序方面：第一为外向型，第二为情感型，第三为直觉型，第四为感知型和思维型，第六为知觉型，第七为判断型，第八为内向型。在男教师的教学风格方面：一、类型方面，属外向型、直觉型、情感型和知觉型；二、排序方面：第一为知觉型，第二为外向型，第三为判断型，第四为情感型，第五为直觉，第六为感知型，第七为思维型，第八为内向型。在女教师的教学风格方面：一、类型方面，属外向型、直觉型、情感型和知觉型；二、排序方面：第一为外向型，第二为情感型，第三为直觉型，第四为感知型和思维型，第六为知觉型，第七为判断型，第八为内向型。

　　在总体、在男教师或是在女教师方面，培训教师的教学风格在类型方面都显示相当一致性，属外向型、直觉型、情感型和知觉型。不过，在排序方面却不完全相同。在总体和在女教师方面，排序第一为外向型，第二为情感型，第三为直觉型，第四为感知型和思维型，第六为知觉型，第七为判断型，第八为内向型。由于女教师占了总教师比例的百分之六十四，因而在排序方面起了影响，以致总体方面的排序和女教师方面的排序出现了一致性。而在男教师方面，排序第一为知觉型，第二为外向型，第三为判断型，第四为情感型，第五为直觉，第六为感知型，第七为思维型，第八为内向型。

根据 Cooper（2001）设置的 Teaching Activity Preference 量表的论文中对不同类型特征的教学风格的说明，外向型教师喜欢参与课堂的主题式讨论。喜欢学生分享个人的经验，事件和想法；内向型教师给比较多的课堂口头汇报和较少的书面作业，因为他们认为，学生在书面作业方面有更好的表现。只要有可能，他们会让学生制定自己的标准。感知型教师往往强调事实和实用信息。在使用教科书之前，他们喜欢为学生在学习过程中提供具体的经验，认为学生学习的最好方式是通过有序的问题，并在可预见的结果中学习；直觉型教师强调概念和含意，而不是细节。他们为学生提供了广泛的选择，并鼓励他们参与如何分配和进行决定。他们培养学生的独立性和创造性的行为。思维型教师往往为学生提供较少的意见。如果他们给学生提供意见，他们尝试尽可能客观，即使这有时可能会缺乏人情味。他们自豪地认为他们的教学富有逻辑组织和易于遵循；情感型教师同时在他们的言语和身体语言中表达其赞扬和批评。他们喜欢学生把时间花在个人学习上，他们会对学生进行个别辅导。判断型教师遵守其所设置的教学计划，并要求安静的，结构化的和有序的课堂学习；知觉型教师鼓励独立学习，开放式的讨论，交际性的小组学习，并让学生有决定权。

从总体而言，不论是男教师或是女教师，这群培训教师的教学风格类型都显示相当一致性，属外向型、直觉型、情感型和知觉型。他们的教学风格具有下列的特征：外向型教师喜欢参与课堂的主题式讨论，喜欢学生分享个人的经验，事件和想法；直觉型教师强调概念和含意，为学生提供了广泛的选择，鼓励学生参与如何分配和进行决定，并培养学生的独立性和创造性；情感型教师在他们的言语和身体语言中表达其赞扬和批评，他们喜欢学生把时间花在个人学习上，并对学生进行个别辅导；知觉型教师鼓励独立学习、开放式的讨论和交际性的小组学习，并让学生有决定权。

然而，从排序方面而言，男教师和女教师除了内向型风格都排第八之外，其他排列第一至第七的类型完全不相同。男教师排列第一的是知觉型，而女教师排列第一的是外向型。知觉型教师鼓励独立学习，开放式的讨论，交际性的小组学习，并让学生有决定权。外向型教师喜欢参与课堂的主题式讨论，喜欢学生分享个人的经验，事件和想法。这个研究显示，虽然在总体上男教师和女教师的教学风格类型归属相当一致，不过，实际上男教师和女教师的教学风格却有著显著的差异。这是这项研究的重要发现。它可让男女教师更清楚地了解自身的教学类型特征，并且认识到男女教师在教学风格上是有差别的。

六 对培训教师的建议

由于每一位教师曾经是一位二语或外语的学习者，在学习时所选择的策略和方式，无疑会反映在他们的教学风格上。而研究显示，教师个人喜欢的教学方式常常来自于自身的学习方式。（Cooper, 2001）每一种风格类型提供了不同的优势。培训教师必须认识自己的长处和经常应用这些长处。同时，培训教师必须了解自己不使用的风格类型，并学习使用这些风格类型以发展和提高自身的能力。

那些看上去不适合你的风格类型将帮助你超越你的"舒适区"（comfort zone），并扩大和提升你的潜力。例如，如果你是一个高度整体型的人，你可能需要学习使用分析和逻辑，以更有效地学习或工作。如果你是一个极度分析型的人，你可能会错过了一些有用的整体型特性，如快速地掌握主要概念。通过实践，你可以发展这些特性并加以掌握，使它内化，成为你教学中多种风格类型的其中一种。

尝试新的类型，教师不会失去他原有的类型优势，而只会开发自己新的另一面，并给自己带来极大的裨益。我们的建议是，向那些与你有著不同风格类型的人请教，学习他们如何使用他们的风格类型特性。（Oxford, 1993）教师必须改变和提升自我的教学理念，只有敞开胸怀去掌握多种教学类型，才不会囿于单一的教学风格，才能超越自我，在国际汉语教育领域里成为一个拥有多元化教学类型与教学风格的国际汉语教师。

七　结语

　　二十一世纪的国际汉语教师除了了解学习者的学习风格以进行有效的教学之外，也应该了解自身的学习风格和教学风格，并进一步理解其他的教学风格类型。只有了解自身的教学潜能和掌握多元的教学风格类型，才能因应不同学习者的学习需要，进而有效地提升教学质量和教学效益。

参考文献

Analoui, F. (1995). Teachers as Managers: An Exploration into Teaching Styles. *The International Journal of Educational Management, 9.5,* 16-19.

Apps, J. W. (1989). Foundation for Effective Teaching. *New Directions for Continuing Education, 43,* 17-27.

Cohen, J. H & Amidon, E. J. (2004). Reward and Punishment Histories: A way of Predicting Teaching Style? *The Journal of Educational Research,* 97.5, 269-277.

Conti, G. J. (1989). Assessing Teaching Style in Continuing Education. *New Directions for Continuing Education, 43,* 3-16.

Cooper, T. C. (2001). Foreign Language Teaching Style and Personality. *Foreign Language Annals,* 34.4, 301-317.

Dunn, R., Dunn, K. & Perrin, J. (1994). *Teaching Young Children through Their Individual Learning Styles: Practical Approaches for Grades K-2.* Boston: Allyn and Bacon

Dunn, R. S. & Dunn, K. J. (1979). Learning Styles/Teaching Styles: Should They...Can They...Be Matched? *Educational Leadership,* 36.4, 238-244.

Fischer, B. B. & Fischer, L. (1979). Styles in Teaching and Learning. *Educational Leadership,* 36.4, 245-254.

Gordon L. (2009). *People Types and Tiger Stripes: Using Psychological Type to Help Students Discover Their Unique Potential,* 4th ed. Gainesville, Fla.: Center for Applications of Psychological Type.

Heimlich, J. E. & Norland E. (2002). Teaching Styles: Where Are We Now? *New Directions for Adult and Continuing Education,* 93, 17-25.

Kolb, D. A. (1985). *Learning-style Inventory.* Boston: McBer.

Myers, I.B. (1998). *Introduction to Type: A Guide to Understanding Your Results on the Myers-Briggs Type Indicator,* 6th ed. Palo Alto, California: Consulting Psychologists Press.

Myers, I.B. (2003). *MBTI Manual: A Guide to the Development and Use of the Myers-Briggs Type Indicator,* 3rd ed. Mountain View, California: Consulting Psychologists Press.

National Association of Secondary School Principals (U.S.) (1979). *Student Learning Styles: Diagnosing and Prescribing Programs.* Reston, Va.: National Association of Secondary School Principals.

Oxford, R. L. (1995). Style Analysis Survey (SAS): Assessing Your Own Learning and Working Styles. In Reid J M (ed.). *Learning Styles in the ESL/EFL Classroom*. Boston: Heinle & Heinle, 208-215.

Perrin, J. (1991). *Learning Style Inventory: Primary Version*. [S.l.]: Learning Styles Network.

Reid, J. M. (1995). *Learning Styles in the ESL/EFL Classroom*. Boston: Heinle & Heinle.

Silvernail, D. L. (1983). *Teaching Styles as Related to Student Achievement*. Washington, D.C.: National Education Association.

Zhang, Li-Fang (2004). Thinking Styles: University Students' Preferred Teaching Styles and Their Conception of Effective Teachers. *The Journalof Psychology*, 138.3, 233-252.

本文曾发表于《国际汉语教育》2014年第1辑，页28-37。

中高级汉语教学资源的编写策略
——以新加坡中学教材为例

摘要

　　新加坡教育部在二〇〇四年发布《华文课程与教学法检讨委员会报告书》，发现以英语作为主要家庭用语的华族学生从一九九四年的36%上升到二〇〇四年的50%。这显示汉语教学必须能针对这些学生的学习需要作出调整。报告书提出，对大部分学生的教学应注重有效的口语交际和阅读训练，注重华文的实用功能（《华文课程与教学法检讨委员会报告书》，2004：4，5，9）本文以新加坡教育部在二〇一一年编制的新中学教材为例，分析其编写的策略。文中将以新中学教材中的快捷课程为例，论述其编写策略的理念：以读写带动听说；编写策略的原则：先例、后说、再练；和编写策略的组织：讲读课、导读课、自读课和综合任务。目的在于通过新加坡教材的展现提供实例，希望对中高级汉语教学资源编写策略的理念和实践有所启发。

关键词：实用功能　　口语交际　　编写策略

一 前言

新加坡教育部在二○○四年发布《华文课程与教学法检讨委员会报告书》，发现以英语作为主要家庭用语的华族学生从一九九四年的36%上升到二○○四年的50%。新加坡教育部长二○○九年在教育部新一年的工作指导蓝图会议上指出，来自讲英语背景家庭的华族小一新生人数已从二○○四年的47.3%上升到二○○九年的约60%，超越汉语而处于主导的地位。（网址：http://www.moe.gov.sg/media/speeches/2009/09/17/work-plan-seminar.php）这显示汉语教学必须能针对这些学生的学习需要作出调整。报告书提出，对大部分学生的教学应注重有效的口语交际和阅读训练，注重华文的实用功能（《华文课程与教学法检讨委员会报告书》，2004：5，9）为落实报告书的建议，教育部修订了小学华文课程标准，并在二○○七年开始实施小学华文新课程。为了与小学华文课程相衔接，中学华文课程标准做出相应的修订，并在二○一○年发布中学华文新课程和在二○一一年推出新中学教材。本文将以新中学教材中的快捷课程为例，论述其编写要领。在教材的编写上，快捷课程以能力训练为主线，通过听说读写活动，促进学生综合运用语言的能力。（《中学华文课程标准》，2010：10）其编写策略的理念是以读写带动听说；其编写策略的原则为先例、后说、再练；其编写策略的组织为讲读课、导读课、自读课和综合任务。

二　编写策略的理念：以读写带动听说

根据新加坡教育部在二〇一〇年发布的《中学华文课程标准》，快捷课程的目标包括：（一）加强学生听说读写的能力，著重读写能力的培养；（二）能听懂适合程度的记叙性、说明性、议论性和实用性语料；（三）能针对较复杂的话题表达看法与感受，并与人进行有效的交流；（四）能阅读适合程度的记叙性、说明性、议论性和实用性语料，并能进行文学欣赏；（五）能写适合程度的记叙文、说明文、议论文和实用文，并能初步进行简单的文学创作；（六）能认读二千四百至二千五百个常用字，能写其中的二千至二千一百个字。（《中学华文课程标准》，2010：15）在词汇量方面与新 HSK 第四、第五级，《国际汉语能力标准》第四、第五级和《欧洲语言共同参考框架》B2、C1相对应。（新汉语水平考试（HSK）介绍，见 http://www.chinesetesting.cn/userfiles/file/dagang/HSK6.pdf）

快捷课程重在发展学生的读写能力，用读写带动听说，通过对语言四技的学习和运用，提高学生综合运用语言的能力和自主学习能力。（《中学华文课程标准》，2010：28）以教材二上单元二主题情系家园和教材二下单元五主题文化调色板中的语言技能学习作为例子加以说明。教材二上、单元二中以课文《再见樟宜树》训练学生阅读技能——能抓住景物的特点，理出描写的顺序和课文《家在湖畔》训练学生写作技能——能抓住景物的特点，按顺序描写景物。然后以同样的技能内容训练聆听技能——能抓住景物的特点，理出描写的顺序和说话技能——能抓住景物的特点，按顺序描述景物。(《中学华文课本·快捷》二上，2011：25-42）教材二下以课文《五脚基》训练学生阅读技能——能理解事物说明文的特点和课文《说石狮》训练学生写作技能——能运用举例子的方法说明。然后以同样的技能内容训练聆听技能——能把握事物的相关知识，确定说明的重点和说话技能——能确定说明的重点，说出事物的相关知识。(《中学华文课本·快捷》二下，2011：1-17）

三　编写策略的原则：先例、后说、再练

教材学习重点的呈现遵循"先例、后说、再练"的原则，即先通过例子与说明，让学生对学习重点有一定的认识，然后才进行相关的练习，把知识转化为能力。(《中学华文课本·快捷》一上，<编写说明>，2011：5）以教材二上单元二主题情系家园中所需学习的语言技能作为例子加以说明。单元二通过课文《再见樟宜树》来训练阅读技能——作者采用了由远到近和的顺序有条理地描写老树的特点。课文以第三段和第五段作为例子，说明作者如何通过形态、色彩、气味由远到近顺序地描写老树的特点，接着以第五段和第六段作为例子，说明作者如何通过形态、色彩、声音由下到上顺序地描写老树的特点。之后设置四段短文，要学生练习从短文中找出由远到近顺序地和从左到右顺序地景物描写的形态、色彩、声音。在聆听技能方面，教材通过录音说明由远到近顺序地描述景物形态、色彩的特点作为例子。接着通过录音要学生练习从中判断正确的顺序。在说话技能方面，教材通过景点照片为例描述说明由前到后顺序地景物的形态、色彩。接着设置景点照片，要学生练习从照片中描述由前到后顺序地景物

的形态、色彩。(《中学华文课本·快捷》二上，2011：29-36）写作技能方面则通过课文《家在湖畔》来举例说明在课文第四段中，作者采用了由远到近和通过形态、色彩、气味、声音顺序有条理地描写在湖边看到的景色。之后设置景点照片，要学生练习从照片中描写从左到右顺序地景物的形态、色彩、气味、声音等特点。(《中学华文课本·快捷》二上，2011：40-42）

四　编写策略的组织：讲读课、导读课、自读课和综合任务

快捷课程以讲读课、导读课、自读课组织编写教材，重在发展学生的读写能力，用读写带动听说，通过对语言四技的学习和运用，提高学生综合运用语言的能力和自主学习能力。(《中学华文课程标准》，2010：28)

（1）单元介绍：一、每个单元的课文都围绕著一个主题来选材、编写；二、该单元课文内容的简要介绍；三、以培养语言目的为目标，每个单元必备阅读、写作和听说三个方面的学习重点。(《中学华文课本·快捷》一上，〈编写说明〉，2011：1)每个单元的课文都围绕著一个主题来进行选材和编写。主题包括：人和自己，人和社会，人和自然三个部分，其涵盖了个人、家庭、学校、国家、世界和自然六个范畴：

年级	单元	主题	讲读课	导读课	自读课
一上	一	校园新鲜事	新老师新同学	我的邻居方大鹏	张老师"审案"

年级	单元	主题	讲读课	导读课	自读课
	二	生活新天地	漫画男孩	张先生的电子化生活	球星"马嘴"
	三	友情亲情	手表	这样的哥哥	放风筝
	四	人生的旅程	努力，就有希望	"新一代"卖菜人	给妹妹一个未来
一下	五	温情满人间	照亮人心的笑容	原谅	天使就在身边
	六	绿色星球	跟塑料袋说再见	环保由我开始	垃圾怎么丢
	七	故事园地	毛遂自荐	空城计	王羲之题扇
二上	一	心灵的对话	开关之间	瘸腿的小狗	改变一生的闪念
	二	情系家园	再见樟宜树	家在湖畔	枣核
	三	呵护大自然	海水不再蓝	特别的葬礼	树木"搬家"了
	四	人间冷暖	一件小事	领路人	醉人的春夜
二下	五	文化调色板	五脚基	说石狮	武术的世界
	六	深情厚谊	古草原	西出阳关无故人	烟花三月下扬州
	七	小说的魅力	最后一片叶子	永远的蝴蝶	手机不见了
三上	一	过错与谅解	尊重源自六分钱	饼干罐的秘密	黄丝带的故事
	二	关爱一生	这不是一颗流星	只想陪著她	送汤

年级	单元	主题	讲读课	导读课	自读课
	三	把握未来	走上美好的人生路	用微笑迎接挫折	责任感
三下	四	大自然的风采	大熊猫	乌敏岛	富士山
	五	心中有爱	常怀感恩之心	老吾老以及人之老	体谅别人的难处
	六	家国情怀	水是故乡甜	榴梿情结	两地为家
四上	一	往事随想	捅马蜂窝	钓鱼	我上了他的"黑名单"
	二	知识百科	大地的色彩	它们为何也流泪	蝙蝠与雷达
	三	人生舞台	勇于尝试	自知者明	专注是成功的关键
四下	四	寓言的世界	古代寓言二则	兔岛上的狼	老人和树
	五	情意存心间	父母该为子女留些什么	手足情	悉心维系朋友情

每个单元以培养语言目的为目标，设置阅读、写作、聆听和说话语言四技的学习重点：

年级／单元	主题	阅读	写作	聆听	说话
一上单元一	校园新鲜事	能掌握浏览式阅读	能掌握审题的方法	—	能运用适当的语调、语速表达不同的情感

年级／单元	主题	阅读	写作	聆听	说话
单元二	生活新天地	能找出线索，确定文章主题	能扣紧题目，拟出内容重点	能抓住关键词，在日常会话中听懂对方的主要意思 能根据情境和关键词，听出对方的观点和用意	一
单元三	友情亲情	能理解肖像描写和行动描写的作用	能调动五官感知来进行描写	能从上下文听出事情发展的前因后果	能针对见闻表达自己的感受
单元四	人生的旅程	能通过标题和导语了解新闻的主要内容	能根据新闻发表感想，并结合自己的生活写一封信	能抓住所说明的主要事物，把握事物的特点与细节	你说明事物的特点与细节
一下单元五	温情满人间	能理解比喻、拟人两种修辞手法	能运用比喻、拟人两种修辞手法	能听出与不同辈分的人说话时表达上的差异	能根据不同的辈分，采用适当的表达方式
单元六	绿色星球	能区分广告中的"事	能写完整的电子邮件	能听出广告中的"事	能针对事件发表自己的

年级／单元	主题	阅读	写作	聆听	说话
		实"和"意见"		实"和"意见"	看法
单元七	故事园地	能用摘录和提要的方法累积阅读材料	能写简单的阅读报告	能根据已学过的知识听出说话者的观点或用意	—
二上单元一	心灵的对话	能理解记叙文中的议论和抒情	能以顺序法写记叙文 能在记叙中加入抒情	—	能针对别人的看法表达意见
单元二	情系家园	能抓住景物的特点，理出描写的顺序	能抓住景物的特点，按顺序描写景物	能抓住景物的特点，理出描写的顺序	能抓住景物的特点，按顺序描述景物
单元三	呵护大自然	能理解新闻中的倒金字塔结构	能以倒叙手法写记叙文	能根据新闻访谈，区分受访者意见的异同	能针对社会话题发表意见
单元四	人间冷暖	能理解语言描写的作用	能运用语言描写	能听出访谈中的"事实"和"意见"	能在访谈中恰当得体地提问
二下单元五	文化调色板	能理解事物说明文的特	能运用举例子的方法说	能把握事物的相关知	能确定说明的重点，说

年级/单元	主题	阅读	写作	聆听	说话
		点	明	识，确定说明的重点	出事物的相关知识
单元六	深情厚谊	能初步欣赏唐诗的语言美	能运用借景抒情的写作手法	能听出不同背景的说话者在表达上的差异	—
单元七	小说的魅力	能初步欣赏小说	能运用首尾呼应的写作手法	—	能在沟通时适当地使用体态语
三上单元一	过错与谅解	能找出关键句，确定文章主题	能在写作时做到详略得当	能把握新闻报道的内容	—
单元二	关爱一生	能理解心理描写的作用	能运用心理描写 能运用插叙法写记叙文	—	能组织内容，有条理地描述
单元三	把握未来	能理解议论文的三要素 能理解举例论证法和引用论证法	能理解举例论证法和引用论证法	能抓住议论性语料中的论点	—
三下单元四	大自然的风采	能理解说明文的时间顺序	能运用列数字的说明方法	能通过比较，抓住事物的特点	能用比较的方法说明事物的特点

年级／单元	主题	阅读	写作	聆听	说话
			能写简单的景点介绍		
单元五	心中有爱	能理解议论文的基本结构	能按照基本的结构写议论文	能抓住议论性语料中的论据	能用事例或名言熟语支持自己的观点
单元六	家国情怀	能初步欣赏散文	能运用夹叙夹议的写作手法	—	能在阅读后作口头报告
四上单元一	往事随想	能理解反问的修辞手法	能运用反问的修辞手法	能通过说话者提出问题的方式，听出其观点和用意	能以反问或设问表达自己的看法
单元二	知识百科	能理解事物说明文的特点 能理解说明文的逻辑顺序	能运用作比较的说明方法	—	能恰当得体、完整清楚地作口头报告
单元三	人生舞台	能理解对比论证法	能运用对比论证法	—	能针对话题，从正反两面加以论述

年级／单元	主题	阅读	写作	聆听	说话
四下单元四	寓言的世界	能欣赏寓言故事	能创作简单的寓言故事	能听出寓言故事的寓意	—
单元五	情意存心间	能理解不同的论证方法	能运用不同的论证方法写议论文	—	—

（2）讲读课：一、课文题目；二、每个段落前标明段落序号；三、需要学生掌握的词语以不同颜色显示，生字则加上汉语拼音；四、"课文放大镜"中的问题有助于加深学生对课文的理解；五、"技能学堂——阅读"针对阅读学习重点提供例子，进行解说，然后通过"小任务"进行巩固练习。六、听和说的"技能学堂"针对听、说学习重点提供例子，进行解说，然后通过"小任务"进行巩固练习。（《中学华文课本·快捷》一上，〈编写说明〉，2011：2）讲读课的侧重点在于通过教师对课文的讲读教学和对听说教材的教学使学生能够达到阅读和听说的语言技能教学目标。

（3）导读课：一、课文旁边的"阅读指引"以问题或解说的形式呈现，引导学生深入了解课文；二、"知识小锦囊"针对课文中的知识加以解说；三、"技能学堂—写作"针对阅读学习重点提供例子，进行解说，然后通过"小任务"进行巩固练习。（《中学华文课本·快捷》一上，〈编写说明〉，2011：3-4）导读课的侧重点在于通过教师对课文的导读教学使学生能够达到写作的语言技能教学目标。

（4）自读课：一、课文前的活动或问题可引导学生进行阅读；二、词语旁边的图标提示学生查词典或推断词义。（《中学华文课本·快捷》一上，〈编写说明〉，2011：4）自读课的侧重点在于学生通过对课文的自读使学生自己能够达到阅读或写作的自学目标。

（5）综合任务：一、"温故知新"是综合至少两种技能的练习，起著温习巩固的作用；二、在"牛刀小试"中，学生要运用所学过的写作技能进行写作练习；三、"我学得怎么样？"让学生在完成一个单元的学习后，对学习成效进行自我反思。（《中学华文课本·快捷》一上，〈编写说明〉，2011：5）

五　结语

中学华文课程的总目标之一是中学生在六年小学学习中文的基础上，进一步提高其学习中文的兴趣，通过加强听说读写和语言综合运用的能力，提高学生理解和运用中文的水平。教材的编写以能力训练为导向，通过听说读写的活动来促进学生综合运用语言的能力。而快捷课程的设置和教材的编写就朝著这个方向编制。其终极目标包括：加强学生听说读写的能力，著重读写能力的培养；能听懂适合程度的记叙性、说明性、议论性和实用性语料；能针对较复杂的话题表达看法与感受，并与人进行有效的交流；能阅读适合程度的记叙性、说明性、议论性和实用性语料，并能进行文学欣赏；能写适合程度的记叙文、说明文、议论文和实用文，并能初步进行简单的文学创作；能认读二千四百至二千五百个常用字，能写其中的二千至二千一百个字。

快捷课程以讲读课、导读课、自读课组织编写教材，重在发展学生的读写能力，用读写带动听说，通过对语言四技的学习和运用，提高学生综合运用语言的能力和自主学习能力。教材学习重点的呈现遵循"先例、后说、再练"的原则，即先通过例子与说明，让学生对学习重点有一定的认识，然后才进行相关的练习，把知识转化为能力。通过这样的设置，其成效在于逐步提高学生运用中文的能力，并让学生有效地学习和巩固其语文，增加学生语言实践的机会，进而激发学生学习中文的兴趣，提高学生使用中文的积极性，同时也培养学生自主学习的精神。

然而，教材的编制在某些方面有待改进。第一，口语交际性技能设置不足，缺乏情景功能性的口语交际训练。语言学习的主要作用是进行交际互动。教材应在原有编制的基础上设置情景和功能相结合，让学生在特定情景功能中学习交际，突出用法，改善并提高学生口头表达的能力。第二，词语的英文注解。由于新加坡的学生有百分之六十来自讲英语背景家庭，教材的编写必须照顾到学生的学习需要。教材应设置中英对照的词语表，以帮助学生尽快地跨越词语障碍，顺利地进入语言的学习。二〇〇七年出版的小学教材在其修订版（2013年）中经已设置中英对照的词语表。第三，"知识小锦囊"的英文说明。为照顾到百分之六十来自讲英语背景家庭的学生的需要，导读课中的"知识小锦囊"可以英文对课文中的知识进行说明。这不但可使学生更快地理解其缘由背景，而且可帮助学生进行有效的自主学习。上述三点，希望教材在修订版时能加以改善。

参考文献

中文书目

国家汉语国际推广领导小组办公室（2007），《国际汉语能力标准》，北京：外语教学与研究出版社。

华文课程与教学法检讨委员会（2004），《华文课程与教学法检讨委员会报告书》，新加坡：教育部。

课程规划与发展司（2010），《中学华文课程标准》，新加坡：教育部。

课程规划与发展司（2011），《中学华文课本·快捷》，新加坡：教育部。

李泉（2006），《对外汉语教材研究》，北京：商务印书馆。

李泉（2012），《对外汉语教材通论》，北京：商务印书馆。

欧洲理事会文化合作教育委员会编，刘骏，傅荣译（2008），《欧洲语言共同参考框架》，北京：外语教学与研究出版社。

新汉语水平考试（HSK）介绍，网址：http://www.chinesetesting.cn/userfiles/file/dagang/HSK6.pdf

新加坡教育部长 2009 年在教育部新一年的工作指导蓝图会议上演说，网址：http://www.moe.gov.sg/media/speeches/2009/09/17/work-plan-seminar.php

英文书目

Cunningsworth, Alan (1995). *Choosing Your Coursebook.* Oxford: Heinemann.

Grant, Neville (1987). *Making the Most of Your Textbook.* London: Longman.

Hidalgo, Araceli C., Hall, David and Jacobs, George M. (eds.)(1995). *Getting Started: Materials Writers on Materials Writing.* Singapore: SEAMEO Regional Language Centre.

McGrath, Ian (2002). *Materials Evaluation and Design for Language Teaching.* Edinburgh: Edinburgh University Press.

Mishan, Freda and Chambers, Angela (eds.) (2010). *Perspectives on Language Learning Materials Development.* Oxford, Bern: Peter Lang.

Tomlinson, Brian (ed.) (1998). *Materials Development in Language Teaching.* Cambridge: Cambridge University Press.

Tomlinson, Brian (ed.) (2005). *Developing Materials for Language Teaching.* London: Continuum.

本文曾发表于《中文教学学报》(*Canadian TCSL Journal*),2014年, 页7-16。

国际汉语教师的语言学习观——以南洋理工大学国立教育学院中文系为例

摘要

　　语言学习观念对学习行为及学习成果起著深刻的影响。本篇论文使用 Horwitz（1988）设置的 The Beliefs about Language Learning Inventory，简称 BALLI（语言学习观念量表），对我系三十三名国际汉语培训教师进行研究，帮助他们了解自己的外语学习观念。当这群国际汉语培训教师有了自身的体认后，往后在国际汉语教学中，更能了解学生的语言学习观念和体会学生学习国际汉语的感受。并且能够正确地引导学生建立正确的国际汉语学习观念，培养学生学习国际汉语的兴趣和信心，使学生的学习有所成效。

关键词： 国际汉语　国际汉语教师　语言学习观念

一 前言

研究显示，每一位学习者都有一定的学习观念，都带著一定的观念去学习（Stern，1987; Legutke & Thomas，1991）。语言学习观念对学习行为及学习成果起著深刻的影响。语言学习观念也决定了学习者的语言学习方法，它对于决定语言学习者能否成功地掌握一门外语有著重要的作用。Horwitz 指出，忽视学生的语言学习观念会造成学生的不满甚至对抗情绪，使学生对教学方法失去信心，学习成果也会受到影响。教师必须了解学生的语言学习观念，对于不正确的观念应尽早给予纠正。教师如果能了解学生的语言学习观念并给予正确的指导，将有助于学生改进学习策略，提高学习效果，并提升学生外语学习的自觉性和积极性。（Horwtiz，1988）因此，二十一世纪的国际汉语教师除了了解学习者的语言学习观念以进行有效的教学之外，也应该了解自身的语言学习观念。

二 研究内容

Horwitz 是语言学习观念研究的创始人之一。他用自己研究设计的 The Beliefs about Language Learning Inventory，简称 BALLI（语言学习观念量表），对学习外语的一百六十位大学生进行调查，发现学习者的语言学习观念对自身的语言学习策略和学习效果起著重要的影响。（Horwitz，1988）本篇论文使用 Horwitz（1988）设置的 The Beliefs about Language Learning

Inventory，简称 BALLI（语言学习观念量表），对我系三十三名国际汉语培训教师进行研究，以期帮助他们了解自己的外语学习观念。当这群国际汉语培训教师有了自身的体认后，往后在国际汉语教学中，更能了解学生的语言学习观念和体会学生学习国际汉语的感受。并且能够正确地引导学生建立正确的国际汉语学习观念，培养学生学习国际汉语的兴趣和信心，同时，可以成为学生学习的榜样，使学生的学习有所成效。

三 研究设计

1 研究对象

本篇论文的研究对象为国立教育学院中文系三十四名国际汉语培训教师。他们都是大学毕业生，年龄介于二十三岁至四十四岁之间。其中男教师二人，女教师三十二人。他们每人须要完成一份问卷，并回答问卷里的所有题目。问卷的内容在于询问培训教师自身的语言学习观念。其中二十三名国际汉语培训教师完成了作答。

2 研究工具

论文使用 Horwitz（1988）设置的 The Beliefs about Language Learning Inventory，简称 BALLI（语言学习观念量表）。这个量表能够较全面地体现语言学习观念的内涵，并已成为此类研究的典范。该量表共有三十四题。培训教师根据题目内容来选择适合自己的选项，包括"1非常同意（Strongly agree）"，"2同意

（Agree）"，"3 既非同意也非不同意（Neither agree nor disagree）"，"4 不同意（Disagree）"，"5 非常不同意（Strongly disagree）"五个选项。量表从五大方面来了解受试者的语言学习观念，包括语言学习难度（Difficulty of Language Learning）、外语学能（Foreign Language Aptitude）、语言学习本质（The Nature of Language Learning）、学习与交际策略（Learning and Communication Strategies）和动机与期望（Motivations and Expectations）。语言学习难度是关注学习者对某种语言学习的整体难度及不同语言技能的相对难度的认识；外语学能是关注学习者对学习外语普遍存在的能力和特殊能力的看法；语言学习本质是了解学习者对语言学习的重点，语言与文化关系的认识；学习和交际策略是了解学习者对传统的学习策略和交际策略的看法；动机与期望是关注学习者的学习属于工具型动机或是融入型动机。工具型动机即是为了升学、就业、出国等实际需要而学习语言；融入型动机即是出于对所学语言文化的兴趣并希望融入其中而学习语言。题目 3，4，6，14，24，28 属语言学习难度范畴；题目 1，2，10，15，22，29，32，33，34 属外语学能范畴；题目 5，8，11，16，20，25，26 属语言学习本质范畴；题目 7，9，12，13，17，18，19，21 属学习和交际策略范畴；23，27，30，31 属动机与期望范畴。

四 所得数据

统计结果的所得数据分别列于下面的五个表中（1 非常同意，2 同意，3 既非同意也非不同意，4 不同意，5 非常不同意）：

1 语言学习难度

表一　语言学习难度

题目	项目	1	2	3	4	5
3	有些外语比较容易学。	19%	54%	15%	6%	6%
4	学习外语 1= 非常困难 2= 困难 3= 不难 4= 容易 5= 非常容易	6%	19%	60%	15%	0%
6	我相信我最终能说好外语。	11%	58%	28%	3%	0%
14	如果一个人每天学习一个小时，他需要多长时间才能说得流利？ 1= 少过1年 2= 1-2年 3= 3-5年 4= 5-10年 5= 你无法在每天一个小时内学会一门语言	9%	46%	27%	15%	3%
24	说一门外语比理解一门外语容易。	3%	42%	30%	22%	3%
28	读和写一门外语比说和理解一门外语容易。	3%	30%	28%	28%	11%

表一统计结果的所得数据显示,百分之七十三的培训教师认为有些外语比较容易学;百分之六十的培训教师认为学习外语不难;百分之六十九的培训教师认为我相信我最终能说好外语;百分之五十五的培训教师认为如果一个人每天学习外语一个小时,他只需在两年内就能说得流利;百分之四十五的培训教师认为说一门外语比理解一门外语容易;百分之三十九的培训教师不认为读和写一门外语比说和理解一门外语容易。

2 外语学能

表二　外语学能

题目	项目	1	2	3	4	5
1	儿童比成人容易学外语。	21%	52%	12%	12%	3%
2	有些人具有学习外语的特殊能力。	27%	64%	6%	3%	0%
10	已经会说一门外语的人比较容易学习另一门语言。	6%	54%	21%	19%	0%
15	我有学习外语的资质。	6%	42%	49%	0%	3%
22	女性比男性更善于学习外语。	0%	46%	30%	18%	6%
29	擅长数学和科学的人不擅长学习外语。	3%	6%	30%	40%	21%
32	擅长说一种以上语言的人非常聪明。	21%	49%	30%	0%	0%
33	我擅长学习外语。	0%	55%	36%	9%	0%
34	每个人都能学会说一门外语。	27%	37%	27%	6%	3%

表二统计结果的所得数据显示，百分之七十三的培训教师认为儿童比成人容易学外语；百分之九十一的培训教师认为有些人具有学习外语的特殊能力；百分之六十的培训教师认为已经会说一门外语的人比较容易学习另一门语言；百分之四十八的培训教师认为我有学习外语的资质，然而，有百分之四十九的培训教师既非同意也非不同意；百分之四十六的培训教师认为女性比男性更善于学习外语；百分之六十一的培训教师不认为擅长数学和科学的人不擅长学习外语；百分之七十的培训教师认为擅长说一种以上语言的人非常聪明；百分之五十五的培训教师认为我擅长学习外语；百分之六十四的培训教师认为每个人都能学会说一门外语。

3 语言学习本质

表三 语言学习本质

题目	项目	1	2	3	4	5
5	我要学习的这门外语在结构上与汉语相似。	6%	6%	27%	40%	21%
8	学习外语必须了解其文化。	27%	55%	9%	6%	3%
11	学习外语最好是在的当地进行。	36%	49%	6%	3%	6%
16	学习外语最重要的是学习大量新词汇。	6%	30%	34%	30%	0%
20	学习外语最重要的是学习大量语法。	6%	24%	45%	19%	6%

题目	项目	1	2	3	4	5
25	学外语和学其他学科不一样。	6%	57%	19%	15%	3%
26	学习外语最重要的是学习如何将外语翻译成汉语。	3%	9%	30%	46%	12%

表三统计结果的所得数据显示，百分之六十一的培训教师不认为我要学习的这门外语在结构上与汉语相似；百分之八十二的培训教师认为学习外语必须了解其文化；百分之八十五的培训教师认为学习外语最好是在的当地进行；百分之三十六的培训教师认为学习外语最重要的是学习大量新词汇，然而，百分之三十四的培训教师既非同意也非不同意；百分之四十五的培训教师既非同意也非不同意学习外语最重要的是学习大量语法；百分之六十三的培训教师认为学外语和学其他学科不一样；百分之五十八的培训教师不认为学习外语最重要的是学习如何将外语翻译成汉语。

4 学习与交际策略

表四　学习与交际策略

题目	项目	1	2	3	4	5
	学习策略					
17	大量的练习和复习是重要的。	39%	58%	3%	0%	0%
21	在语言实验室练习是重要的。	3%	46%	42%	9%	0%
	交际策略					
7	说外语时语音纯正很重要。	21%	54%	19%	3%	3%

题目	项目	1	2	3	4	5
9	在不能正确表达之前就不要用外语表达。	3%	3%	9%	33%	52%
12	如果我听到有人说我正在学习的外语，我会加入其中以练习说话。	6%	40%	48%	3%	3%
13	如果你不认得某一个外语词汇，你可以猜测。	15%	66%	19%	0%	0%
18	我怯于和别人说外语。	9%	36%	40%	9%	6%
19	如果允许初学者犯错，往后他们就不容易改正错误。	0%	30%	30%	34%	6%

表四统计结果的所得数据显示，在学习策略方面，百分之九十七的培训教师认为大量的练习和复习是重要的；百分之四十九的培训教师认为在语言实验室练习是重要的。在交际策略方面，百分之七十五的培训教师认为说外语时语音纯正很重要；百分之八十五的培训教师不认为在不能正确表达之前就不要用外语表达；百分之四十六的培训教师认为如果我听到有人说我正在学习的外语，我会加入其中以练习说话，然而，有百分之四十八的培训教师既非同意也非不同意；百分之八十一的培训教师认为如果你不认得某一个外语词汇，你可以猜测；百分之四十五的培训教师认为我怯于和别人说外语，然而，有百分之四十的培训教师既非同意也非不同意；百分之四十的培训教师不认为如果允许初学者犯错，往后他们就不容易改正错误。

5 动机与期望

表五　动机与期望

题目	项目	1	2	3	4	5
23	如果我的外语学说得好，就会有很多机会使用它。	11%	56%	24%	6%	3%
27	如果我的外语学说得很好，就能找到好的工作。	11%	64%	19%	6%	0%
30	我想能说外语是重要的。	42%	46%	9%	0%	3%
31	我愿意学习外语以便能更了解说这门外语的人。	21%	54%	19%	3%	3%

　　表五统计结果的所得数据显示，百分之六十七的培训教师认为如果我的外语学说得好，就会有很多机会使用它；百分之七十五的培训教师认为如果我的外语学说得很好，就能找到好的工作；百分之八十八的培训教师认为我想能说外语是重要的；百分之七十五的培训教师认为我愿意学习外语以便能更了解说这门外语的人。

五　讨论与启示

　　我们根据上面所得的数据，讨论这群培训教师在语言学习难度、外语学能、语言学习本质、学习与交际策略和动机与期望等五方面对自身的体认。

1 语言学习难度

在语言学习难度方面，这群培训教师普遍相信自身的语言学习能力，认为学习外语其实不是一件困难的事，而且有些外语比较容易学习，相信自己最终能够掌握好外语。在言语技能的难易度方面，这群培训教师认为说话和理解一门外语比阅读和写作一门外语要来得容易。一个重要的发现是，百分之五十五的培训教师认为如果一个人每天学习外语一个小时，他只需在两年内就能够说得流利；百分之二十七的培训教师认为，他需要三到五年的时间才能够说得流利；百分之十五的培训教师认为，他需要五到十年的时间才能够说得流利；不过，还是有百分之三的培训教师认为，你无法在每天一个小时内学会一门语言。由此可见，这群培训教师相信，学好一门外语并不是一件极其困难的事情，只要持之以恒，每天坚持学习一个小时，快则在两年内，慢则在三到五年里就能够看到学习成果。

2 外语学能

在外语学习能力方面，这群培训教师普遍认为每个人都能够学会说一门外语，已经会说一门外语的人比较容易学习另外一门语言，有些人具有学习外语的特殊能力，擅长说一种以上语言的人非常聪明，擅长数学和科学的人也擅长于学习外语。这群培训教师也认为，儿童比成人容易学外语，这与学术界普遍的研究所得到的结论相似。有两个重要的发现是：一、只有百分之四十六的培训教师认为，女性比男性更善于学习外语，这和学术界普遍的研究与认知不相同，这群培训教师认为女性不一定比男性更善于学习外语，这可能是其自身的经验发现男性也善于学习外语。二、只有百分之四十八的培训教师认为，自己有学习外语的资质，但是，却有百分之五十五的培训教师认为，自己擅长学习外语。这反映了这群培训教师一方面对自己的语言学习能力信心不足，认为自己学习外语的资质不够，另一方面却又自信自己拥有语言学习能力的特长，善于学习外语。这是一个较为不协调的状况，值得进一步研究探讨。

3 语言学习本质

在语言学习本质方面，这群培训教师普遍认为自己要学习的外语在结构上与汉语的结构不相同，学习外语最重要的不是学习如何将外语翻译成汉语，学习外语和学习其他学科不一样，学习外语必须了解其文化，而且最好的方式是在的当地进行。两个重要的发现是：一、只有百分之三十六的培训教师认为，学习外语最重要的是学习大量的新词汇；不过，有百分之三十四的培训教师即没有表示同意，也没有表示反对。这两群培训教师对于学习外语最重要的是学习大量的新词汇的百分比接近，反映了一群培训教师认为词语学习是外语学习的重要组成部分，只有把词语掌握好，才能有效地学习外语；另一群培训教师则认为词语学习不一定是外语学习的重要组成部分，应该还有其他更重要的组成部分。二、百分之四十五的培训教师既非同意也非不同意学习外语最重要的是学习大量语法；有百分之三十的培训教师表示同意；只有百分之二十五的培训教师表示不同意。这反映了这群培训教师认为学习外语最重要的不一定是学习大量语法，应该还有其他更重要的学习成分。由于量表并没有要求受试者表达其同意或不同意的理由，因此，我们必须做进一步的探讨研究才能了解其真正的原因。

4 学习与交际策略

在学习策略方面，这群培训教师普遍认为大量的练习和复习是重要的，这对于外语学习的成效，起著重要的推动作用。一个重要的发现是，只有百分之四十九的培训教师认为，在语言实验室练习是重要的；有百分之四十二的培训教师既没有表示同意，也没有表示反对；只有百分之九的培训教师表示不同意。由此可见，这群培训教师普遍认为大量的练习和复习是重要的学习策略，但不一定要在语言实验室里进行练习才能看到效果。

在交际策略方面，这群培训教师普遍认为如果学习者不认得某一个外语词汇，可以进行猜测，说外语时语音纯正很重要，允许初学者犯错，认为往后他们可以改正错误，在不能正确表达之前还是可以用外语进行表达。两个重要的发现是：一、只有百分之四十六的培训教师认为，如果自己听到有人说自己正在学习的外语，便会加入其中以练习说话；然而却有百分之四十八的培训教师既没有表示同意，也没有表示反对；只有百分之六的培训教师表示不会加入其中以练习说话。这反映了这群培训教师不是太热衷于使用"加入其中以练习说话"这个交际策略进行外语学习。二、有百分之四十五的培训教师认为，自己怯于和别人说外语；有百分之四十的培训教师既没有表示同意，也没有表示反对；只有百分之十五的培训教师表示不会怯于和别人说外语。这反映了这群培训教师不是太愿意和别人说外语，原因是自己胆怯，以致不太愿意使用这个交际策略进行外语学习。

5 动机与期望

在动机与期望方面，这群培训教师普遍认为能说外语是重要的，有百分之七十五的培训教师认为，如果自己的外语学说得很好，就能找到好的工作，只有百分之六十七的培训教师认为，如果自己的外语学说的好，就会有很多机会使用它。这反映了这群培训教师学习外语的动机是工具性动机强于融入性动机，找一份好的工作要比了解所学外语的文化更为重要。一个重要的发现是，有百分之七十五的培训教师认为，自己愿意学习外语以便能更了解说这门外语的人。这反映了这群培训教师学习外语的重要期望在于能够与本族语的人直接沟通交流，进而了解他们。

六 对培训教师的建议

语言学习观念在语言学习的过程中形成。培训教师在日后的教学过程中，可以从语言学习难度、外语学能、语言学习本质、学习与交际策略和动机与期这五方面著手，了解学习者的学习观念，调动其积极性，进而提高他们的学习效率。在语言学习难度方面，培训教师必须使学习者了解自身的语言学习能力，认识到学习外语其实不是一件困难的事，要相信自己最终能够掌握好外语。只要学习者每天坚持学习一个小时，快则在两年内，慢则在三到五年里就能够看到学习成果。

在外语学能方面，培训教师必须使学习者了解每个人都具有学习外语的能力，都能够学会一门外语，即使是擅长数学和科学的人也有能力学好外语。培训教师也必须使学习者相信自己的资质，不论是男生或是女生，都应该对自己有信心，相信自己有学好外语的能力。

在语言学习本质方面，培训教师必须使学习者了解自己要学习的外语在结构上虽然和自己的母语结构不相同，最重要的不是学习如何将外语翻译成自己的母语，学习外语除了必须掌握其词汇和语法之外，更为重要的是了解其文化。

在学习与交际策略方面，培训教师必须使学习者了解大量的练习和复习是重要的策略，这将能加强和巩固外语学习的成效。培训教师也必须使学习者了解如果他们不认得某一个外语词汇，可以进行猜测，说外语时语音纯正是重要的，不要害怕犯错，要勇于改正错误，即使在不能正确表达之前还是可以尽量用外语进行表达。而且，学习者不应胆怯，如果听到有人说自己正在学习的外语，应该主动地加入其中以练习说话，这不但可以练胆量，也增加自己练习说话的机会。

在动机与期望方面，培训教师必须使学习者了解能说外语是重要的，并且激发他们工具型动机和融入型动机，使他们对所学的语言和文化感兴趣而积极投入学习中。同时，培训教师要多给予学习者肯定和鼓励，一旦学习者有了成就感，就更能激起他们的学习兴趣而积极学习。

教师必须让学习者了解自己的语言学习观念，肯定他们正确的观念，改变他们不正确的看法，这样才能教学相长，在国际汉语教育领域里成为一位既受人爱戴且有影响力的国际汉语教师。

七　结语

　　语言学习观念对学习行为及学习成果起著深刻的影响。语言学习观念也决定了学习者的语言学习方法，它对于决定语言学习者能否成功地掌握一门外语有著重要的作用。忽视学生的语言学习观念会造成学生的不满甚至对抗情绪，使学生对教学方法失去信心，学习成果也会受到影响。教师必须了解学生的语言学习观念，对于不正确的观念应尽早给予纠正。教师如果能了解学生的语言学习观念并给予正确的指导，将有助于学生改进学习策略，提高学习效果，并提升学生外语学习的自觉性和积极性。（Horwtiz，1988）二十一世纪的国际汉语教师除了了解学习者的语言学习观念以进行有效的教学之外，也应该了解自身的语言学习观念。当这群国际汉语培训教师有了自身的体认后，往后在国际汉语教学中，更能了解学生的语言学习观念和体会学生学习国际汉语的感受。并且能够正确地引导学生建立正确的国际汉语学习观念，培养学生学习国际汉语的兴趣和信心，同时，可以成为学生学习的榜样，使学生的学习有所成效。本文的研究说明了国际汉语教师的培养新标准主要在于国际汉语教师必须先要正确认识自己的语言学习观念，进而才能帮助学生理解和建立正确的国际汉语学习观。这是二十一世纪国际汉语教育的重要组成部分。

参考文献

Abraham, R. & Vann, R. (1987). Strategies of Two Language Learner: A Case Study. In Wenden. A. & Rubin. J. (eds.). *Learner Strategies in Language Learning.* Englewood Cliffs, NJ: Prentice-Hall, 85-102.

Benson, P. & Lor, W. (1999). Conceptions of Language and Language Learning. *System, 27.*

Bernat. E. & Lloyd R. (2007). Exploring the Gender Effect on EFL Learner's Beliefs about Language Learning. *Australian Journal of Educational & Developmental Psychology, 7.*

Cotteral, L. S. (1995). Readiness for Autonomy: Investigating Learners' Beliefs. *System, 23.*

Cotteral, L. S. (1999). Key Variables in Language Learning: What do Learners Believe about Them? *System, 27.*

Horwitz, E. K. (1985). Using Student Beliefs about Language Learning and Teaching in the Foreign Language Methods Course. *Foreign Language Annals*, 18.

Horwitz, E. K., Horwitz M. B. & Cope. J. (1986). Foreign Language Classroom Anxiety. *Modern Language Journal, 70.*

Horwitz, E. K. (1987). Surveying Student Beliefs about Language Learning. In Wenden. A. & Rubin. J. (eds.). *Learner Strategies in Language Learning.* Englewood Cliffs, NJ: Prentice-Hall, 119-129.

Horwitz, E. K. (1988). The Beliefs about Language Learning of Beginning University Foreign Language Students. *The Morden Language Journal,* 72.

Horwitz, E. K. (1999). Cultural and Situational Influences on Foreign Language Learners' Beliefs about Language Learning: A Review of BALLI Studies. *System,* 27.

Kern, R. G. (1995). Students' and Teachers' Beliefs about Language Learning. *Foreign Language Annals,* 28.

Legutke, M. & Thomas, H. (1991). *Process and Experience in the Language Classroom.* London: Longman.

Peacock, M. (1999). Beliefs about Language Learning and their Relationship to Proficiency. *International Journal of Applied Linguistics,* 9.

Rubin J. (1975). What the "Good Language Learner" Can Teach Us. *TESOL Quarterly,* 9.

Rubin, J. (1987). Learner Strategies: Theoretical Assumptions, Research History and Typology. In Wenden. A. & Rubin. J. (eds.). *Learner Strategies in Language Learning.* Englewood Cliffs, NJ: Prentice-Hall, 15-30.

Skehan, P. (1989). *Individual Differences in Second Language Learning.* London: Edward Arnold.

Stern, H. H. (1987). Foreword. In Wenden. A. & Rubin. J. (eds.). *Learner Strategies in Language Learning.* Englewood Cliffs, NJ: Prentice-Hall, xi-xii.

Tanaka, K. & Ellis, T. (2003). Study-abroad, Language Proficiency and

Learner Beliefs about Language Learning. *JALT Journal,* 25.

Wenden, A. (1987). How to be a Successful Language Learner: Insights and Prescriptions from L2 Learners. In Wenden. A. & Rubin. J. (eds.). *Learner Strategies in Language Learning.* Englewood Cliffs, NJ: Prentice-Hall, 103-117.

Yang, N. D. (1999). The Relationship between EFL Learners' Beliefs and Learning Strategy Use. *System,* 27.

本文曾发表于《国际汉语教育（中英文）》第1卷，
2017年，页43-53。

华文教学丛书 1200B01

华语文教学研究论文集

作　　者	钟国荣
责任编辑	廖宜家
特约校稿	林秋芬
发 行 人	陈满铭
总 经 理	梁锦兴
总 编 辑	陈满铭
副总编辑	张晏瑞
编 辑 所	万卷楼图书股份有限公司
排　　版	林晓敏
印　　刷	百通科技股份有限公司
封面设计	斐类设计工作室

发　　行　万卷楼图书股份有限公司

台北市罗斯福路二段 41 号 6 楼之 3

电话 (02)23216565

传真 (02)23218698

电邮 SERVICE@WANJUAN.COM.TW

香港经销　香港联合书刊物流有限公司

电话 (852)21502100

传真 (852)23560735

ISBN 978-986-478-272-7

2019 年 5 月初版

定价：新台币 260 元

如何购买本书：

1. 划拨购书，请透过以下邮政划拨账号：

账号：15624015

户名：万卷楼图书股份有限公司

2. 转账购书，请透过以下账户

合作金库银行　古亭分行

户名：万卷楼图书股份有限公司

账号：0877717092596

3. 网络购书，请透过万卷楼网站

网址 WWW.WANJUAN.COM.TW

大量购书，请直接联系我们，将有专人为您服务。客服：(02)23216565 分机 610

如有缺页、破损或装订错误，请寄回更换

國家圖書館出版品預行編目資料

华语文教学研究论文集 ／ 钟国荣著. -- 初版. -- 台北市 ：万卷楼, 2019.05

面；　公分. -- (华文教学丛书 ；1200B01)

简体字版

ISBN 978-986-478-272-7(平装)

1.汉语教学　2.语文教学

802.03　　　　　　　　　　　108001188